鎌倉三猫いまふたたび

ソーントン不破直子

春風社

鎌倉三猫いまふたたび

第一章

その一　小町

ご無沙汰しました。白猫の茨城小町です。

奥様がわたしたち三きょうだいのことを小説にして『鎌倉三猫物語』などという題名で出版なさったそうですが、小説というからには、きっとすべてが本当のことではなく、想像をふくらませてお書きになったのだと思います。近所の郵便局では、局長さんが、「ぼくも買おうかな」なんておっしゃって、見本を郵便局に置いてくださることになった、と奥様はよろこんでいらっしゃいましたが、そんな公の所に置いていいものなのでしょうか。獣医さんは、出版社

が作ってくれたビラを、待合室だけでなく、通りに立っている掲示板にも張り出してくださったそうです。犬の予防接種のお知らせや不妊・去勢手術の解説の横に、わたしたちの絵がならんでいるそうです。

ご近所でそんな風に気張ってくださっても、別に飛ぶように売れているなどということも聞きませんが、奥様は、いまふたたび、三猫の小説を書いていらっしゃるのです。これが、長靴をはいて旅にでも出れば、波瀾万丈の題材を提供できましょうが、三猫とも肉球丸出しの平々凡々の毎日、行動範囲は旦那様によれば家から半径五百メートルから一キロ程度とのことですから、一体何を書くことがあるのでしょうか。わたしにできることと言えば、日々誠実に飼猫の生活をしていくほかはありません。読者の一人がさきの本を「一粒の砂に宇宙を見る」本だと評したそうで、そんな自覚は全くなかった奥様は「ああ、私はそんな偉大なことをしていたのだ」と感動し、勇気りんりんとパソコンに向かっているのです。

ところで、さきの小説をお読みになっていない方もおられることを考慮して、わたしたちのことを少々ご説明いたします。

わたし、茨城小町《いばらぎのこまち》は八王子の猫社会では名ある旧家梅澤家から、この鎌倉山の茨城家に移籍いたしました雌の白猫です。その名の通り、自他ともに許す美猫でございますが、実家の名に恥じぬよう品格と礼儀を大切にして生きてまいりました。猫としての本性も決しておろそかにせず、折あれば大きな野鳥を捕獲し、その全身を食すことを旨としております。

弟のタマ吉は、茨城家のご長男が勤務する縦浜国立大学のキャンパスにいた雄の野良猫で、大学の事務の方のお薦めでご長男がこの茨城家に連れてきました。毛色はライオン色ですが、奥様によれば、これが日本古来、獣に「赤」とされてきた色なのだということです。ラップをよくし、奈良時代のラッパー山部赤人を慕って「山部赤猫《やまべのあかねこ》」、字《あざな》してタマ・ザ・ラッパー」などと称することもあります。

妹のみなみは黒白の雌猫で、生まれたばかりの時期に、これも縦浜国立大学の駐車場に捨てられ、車にひき逃げされたところを大学の「捨て猫愛護サークル」の学生さんに救われました。怪我のため、前足が一本少し内側に曲がり、しっぽも途中で折れています。しかし走るのは速く、黒白のサッカーボールが転がるように突進します。ご長男の東京のマンションにしばらく引き取られ、後に鎌倉山の茨城家にもらわれてきました。

隣家の吉井家の黒猫ノアはわたしどもと仲良しの気立てのやさしい雌猫です。生まれつき片目がくもっていて視力が劣りますが、日常生活には何の支障もなく、わたしどもと行動をともにしております。立派な鈴をつけて、チンチンチンチンと闊歩しております。

みなみの仲良しの雄の柴犬ヤタちゃんは、幼い時交通事故に会い、後足が一本しかないのですが、普通に活動できる立派な犬です。

茨城家のご夫婦は、ともに年金生活者の大学名誉教授。ご長男とご次男はお二人とも大学教員で、今は東京に住んでおられます。

ある雨上がりの土曜日の昼過ぎに奥様が普段着のままで、真剣な顔をして急ぎ足でお出かけになりました。途中まででもとついていくと、近所の、いつもは鍵がかかっている家に入っていらっしゃいました。その家は普段は全くひと気がなく、選挙の時だけものすごく人が出入りして賑やかになり、向かい側に春蘭や雪ノ下や食べられる野草の露店が出たりします。その日は窓も入り口も開けっ放しで、選挙の日と違ってかなりの人が集まってきて座っているようでした。自転車置き場の横には、一緒に連れて来られたらしい大きなラブラドル・レトリーバーが繋がれていて、うれしそうにきょろきょろ辺りを見回しています。入り口のところで隣家の黒猫のノアがこちらを見ていました。大きくゆっくりまばたきをして挨拶したので、わたしも大きなまばたきを返しました。中をのぞいてみると、ノアのご主人の吉井さんの旦那さんがすでにいらしていました。

家の中では皆さんが大きな声で話していましたが、ノアとわたしはしばらく外をうろつきました。草はいやにきちんと刈ってあるのに、生垣以外に植木がない変な庭でした。別にオシッコをしておくほどの所でもないと思って、帰ろうとしたら、ノアも同じように思ったらしく、チンチンチンと鈴を鳴らして帰っていきました。

奥様は戻られると、旦那様に話していらっしゃいました。

「もともと住宅が二軒あって庭になっていたところを、所有者がほったらかして自然のままにしてあった土地だから、こま切れの区画に造成しても自然破壊にはならないんですって。ただ大部分が傾斜地なので、崖っぷちまで広げるには、市は擁壁を造らなければ許可しないというので、開発業者は擁壁を造るって、ダムみたいな図面を見せて説明したわよ」

「ダムみたいな擁壁なんて、もっといやじゃないか。景観が全く変わるよ」

と旦那様がおっしゃると、

「そうなのよ。このまま造成させて、家が建つ前に土砂崩れになればいいって言ってる人もいたわよ」

と奥様は興奮しておっしゃいました。それから急にしんみりと、

「もう二十年以上、三十年近くになるわよね……おじいさんがあんなに元気だったんだから……」

と、このお宅のすぐ庭先から下方に広がっている草地の斜面をご覧になっていました。

「もう、時代が変わったよ。市だってあの頃みたいなことはできないよ」

と旦那様はおっしゃいました。

お二人が思い出しておられることは、わたしがこの茨城家にもらわれて来るよりもずっと昔に起こった事件のことなのです。わたしはこれまでに何度かこの事件のことをご家族が話しておられるのを聞いていましたので、概要は推察できております。

茨城家の敷地の南は、海の方向に急な勾配のある山林でした。ご長男とご次男はご近所の大村さんの坊ちゃんや桜田さんの坊ちゃんや川野さんの二人の坊ちゃんと（ご近所のお宅はみんな二、三人の子持ちで、少なくとも一人は男の子がいたようでした）その山林の斜面を小さい時から遊び場にしていて、毎年夏休みにはそのお子さんたちの友達も加わって、連日大規模な「秘密基地の戦い」というものをしていたそうです。新聞紙をきつく巻いて作った刀を振り回して戦うくせに、味方の連絡は、「ツーツツー、ツーツツー」というモールス信号をどなり合う、不思議な戦いだった、と以前ご長男とご次男は笑っていらっしゃいました。そこを開発する許可を神奈川県だか鎌倉市だかが出して、一帯の住民が猛反対して、工事が入る日には皆さんが伐採を阻止しようと座り込みました。大村さんの奥さんは、樹齢百年以上の大きな松の木に体を縛りつけて、工事のおじさんに、

「この木を切るなら、あたしを切ってからよ！」

と叫んだ、ということは今でも語り草になっています。

茨城家のおじいさんは筆の立つかたで（一説には、若いころペンキ屋で看板描きをしていたとも言われています）、たたみ三畳敷きの大きさの看板に、鎌倉市が自然破壊を許したことを糾弾した文を書き、それは鎌倉山の尾根から七里ヶ浜へ下る唯一の道の脇の、通る人は必ず目にする場所に高々と立てられました。その上によくカラスが並んで止まって、景気よく鳴いていたそうです。

その山林に隣接している茨城家ともう一軒のお宅が原告となって、横浜の裁判所に工事中止を求める仮処分申請というものをして、奥様や大村さんや近隣の方々は月一回の公判日に裁判所に通って、両サイドの弁護士が文書を出したり説明したりするのを見物して中華街で質素なラーメンをすすって、ついに仮処分を勝ち取ったのです。奥様のおっしゃるには、

「仮の処分なのに、その後はどの業者も恐れをなして工事を引き受けず、ずっと空地のまま」

とのことです。でも木々の伐採は、裁判になる前に済んでしまったので（大村さんの奥さんは切られもせずにお元気ですが）、山林ではなく草地になって今日に至るのです。

この茨城家の大事件は昔々のことなのですが、今開発されようとしている場所は鎌倉山のどこなのか、わたしは全く分かりませんでした。でも、奥様が最後におっしゃった言葉にはっとしました。

「あそこ、斜面になっていて藪が茂っているから安全だと思うんじゃないかしら、コジュケイがよくいるのよ。それから朝早く散歩していた時、小竹のトンネルみたいになっている所からタヌキが出てきて、道を横切って反対側の草むらに親子でぞろぞろ入っていくのを見たことがある」

コジュケイやタヌキがいる所なんだと、急に実感が湧きました。

わたしは心配になって、そのまま神社猫の三毛に会いにいくと、境内には三毛と二羽のカラスが一緒に地上にいました。北鎌倉の半僧坊《はんそうぼう》の「やみよ」と「つぶて」という名前のハシボソガラスで、よく三毛のところに遊びに来ていました。半僧坊のカラスは昔は相模一帯から志願してきて鎌倉の山や谷を守っていたカラス軍団で、そういう軍団は今でも相模では足柄、山北、大山、丹沢、小規模ながら大磯の鷹取山などに残っていて、それぞれの山や谷を守っているそうです。年の暮れに、十羽ほどのカラスの群が渡り鳥のようにある方角に飛び続けていくのを見ることがあると思いますが、あれは大山のアブリ神社の集会へそれぞれの地域代表のカラスたちが出かけていったり、その後帰還したりする姿なのです。大山の里でどこの家でも柿の実を必ず少し木に残しておくのは、遠路を来たカラスたちが食べられるようにという大昔からのしきたりだそうです。

街中ではカラスは厄介者として嫌われているようですが、大山の里に限らず街を離れると、カラスはハシブトもハシボソも愛されています。半僧坊には鎌倉カラス軍団の偉業を称《たた》えて、大きな武装したカラスの銅像がたくさん立てられているそうです。中央には同じように武装して、しっかりしたカラスのような羽根がある、大きな人間の銅像が立っていて、これが半僧坊の由来である半僧なのです。半僧は、寺の縁起やガイドブックには、半分僧侶で半分俗人という意味だという穏健な説明が載っているそうですが、実は、半分僧侶で半分カラスということなのです。

昔はこういう「かけあわせ」みたいな動物が人間からも動物からも慕われていました。現在一般に受け入れられている、いわゆる「交配種」というものは、第三者が複数の種を交わらせて作るものですが、そうではなく、ある意図を持って自分に他の種の要素を発達させた存在になり、さらにしばしばその子孫を増やしてきたものが、昔から世の中にはかなりあるのです。つまり、生物には外からは見えない、いろいろな他種の生物の要素が埋め込まれているのです。人間は顕現した要素の組み合せでしか生物を見ていませんが、生物には顕現している要素よりずっと多くの要素が潜在しているのです。その後段々に人間が自分の純粋性を信じたいために「一種一生物」という考え方が広まり、「多種一個体」という考え方を捨ててしまいました。これは、わたしが三毛から聞いた話や旦那様とご長男が話していらした「断続平衡的進化論」という面白いお話に、わたし自身の観察と思索を交えて導き出したセオリーです。

わたしは思うのですが、坊さんに潜在していたカラスの要素が顕現して両者の優れた性質が自分の中で「かけあわせ」を行い、新しい「半僧」という生物になったのではないでしょうか。半僧が育てた「武闘カラス」も広まっていき、昔は地域の動物たち（人間も含めて）はその生態を敬愛し銅像にしたのです。人間だけが、いつの時代からか、自分たちは生物進化の頂点に達したと思い込み、その後の多くの生物の、いわば「自己進化」を無視してしまいました。でもその子孫たちの姿は、カラス天狗、人魚、河童、天使、徳利を提げたタヌキ、長靴をはいた猫というような形となって、何となく見ることができるのです。

ちなみに、カラスではなくてカフカという昔の西洋の小説家は、羊猫というペットについての話を書いているそうです。そのペットは幼い時は猫よりも羊の要素が多かったのですが、次第に猫の要素が増えて、やがて半々ぐらいになるのです。奥様と旦那様は、

「カフカも猫が好きだったのね」

「うん、うん」

などとうれしそうに話していらっしゃいましたが、わたしとしましては、猫好き云々《うんぬん》よりも、羊猫という点に注目します。カフカという方は潜在要素というものを洞察していたのだと思います。

鎌倉カラス軍団が今はどんなことをしているのか知りませんが、軍団に入れてもらえたカラスは半僧坊の坊さんから名前をもらって修行します。そのため、鎌倉でも名前のあるカラスはハシボソもハシブトも、他のカラスから一目置かれています。やみよは相模川を越えた遥か平塚から来た筋金入りの半僧坊ガラスです。つぶては建長寺の境内をはさんで半僧坊の向かいに当たる東慶寺の裏山で生まれた地元出ですが、幼い時から半僧坊ガラスの修行の様子を見ていて志願したそうです。まだ若く、いつもやみよにくっついて飛んでいます。

三毛も二羽のカラスたちもどこが宅地造成されることになっているか知っていました。神社の境内から一望できるところです。三毛はただでさえきつい顔立ちなのに、怒って目をぎらぎらさせていました。やみよはその目をじっと見ていました。

すると下の砂利道から男の人が二人石段を上がって来たので、三毛とわたしは物置の後ろに行き、やみよとつぶては木の高い枝に移りました。二人は大きな筒と鞄を持っていて通勤時のようにきちんと背広を着ていました。神社にこんな格好の人が来るなんて珍しいことです。若い方の男は筒の中から大きな図面を出して広げ、開発予定地の方を見ながら何か話しています。年取った男の方は、大きなクリアファイルから出した書類を見ながら、その話を聞いています。しばらく話しているうちに、さかんに「ゆんぼを入れる」とか「たんぽを入れる」とか言いだしました。ユンボ？　タンポ？　……湯たんぽ？　何のことだろうと思って三毛を見ましたが、三毛も分からないようでした。でも木の上のやみよはよく分かっているようで、首を下に伸ばしてじっと二人の話を聞いています。隣りでつぶてが同じ姿勢でやみよの目をじっと見ていました。

夕方になってから、わたしはおうちへ帰りました。

その二　タマ吉

「もうきっと、半夏生《はんげしょう》が咲いてるわね」

と母ちゃんがカレンダーを見ながら父ちゃんに言っていた。なんでも今月、昔の数え方で「半夏生」という日の頃に、緑の大きな葉っぱが半分白くなって花が咲いたようになる野草のことなんだ。去年母ちゃんが散歩から帰ってきた時に、うさぎ山のふもとの沼地で一枚取ってきちゃった、と父ちゃんに首をすくめて言っていた（うさぎ山は、市役所が自然保護のために草木を荒らしてはいけない、と言っている所なんだ）。半夏生の葉が一枚ついた茎は水を入れたコップに挿して、食卓の真中に何日か置いてあった。不思議な葉っぱだなあ、半分は花びらになったんだなあ、と思って見ていたので、おいらはよく覚えている。うさぎ山のすぐふもとはいつもじめじめした沼地で、その水が何となく溜まって、蛙池とか御所川という、母ちゃんに言わせると「名前はごたいそうだけど、ただの水たまりと小川」になっている。

よーし、あの「半葉半花」が本当に咲いているところを見てやるぞ、と思った。雨上がりの土曜日、昼ご飯を食べてからうさぎ山のふもとへ行く近道を、鼻唄をうたい散らして下りていった。

おでかけ猫のラップ

山部赤猫《やまべのあかねこ》、字《あざな》してタマ・ザ・ラッパー

雨が降ろうが雪降ろうが　おいらは外へ行く猫さ
濡れるのいやだの寒いのと　おうちに引っ込む猫じゃない
野良の自由を忘れない　「おでかけ猫」と呼んでくれ
ちゃっちゃな箱でバサバサと　猫砂トイレはご免だよ
おいらのトイレは山の中　落葉や草の中でする
雨の上がった山道の　つるつる滑る下り坂
肉球と爪でがっちりと　つかんでタッタカ下りていく
フフフン、フフフン、フフフフフーン

ウサギが寝そべる形した　うさぎ山なんて呼ぶけれど
おいらのおうちの場所よりも　ずっと低い山なんだ
とはいえさすが市役所が　自然保護している所

大島桜や藤の花　高々と咲く時が過ぎ
カマツカの花や卯の花が　白々と咲く初夏になる
夏は涼しい風わたり　温暖化など何のその
いろは紅葉にウルシ、ハゼ　赤にもいろいろある秋の
木の葉はひたすら散りに散り　木枯らし叫ぶ冬になる
また来る春の芽を籠めて　山がいちばん強い時
フフフン、フフフン、フフフフフーン

むむっ、この臭いはタヌキだな　けものみちにはよくあるよ
奴ら自分の来たことを　知らせるためにクソをする
だからいつでもしっぱなし　絶対に土を掛けぬまま
礼儀というもの知らないね　そこが猫とは大違い
「タヌキＡ　ここにありき」という主張
時には夫婦と子供まで　溜めて小山のようにする
「タヌキＢ家　どんなもんだ」と誇らしげ

清涼たるべき山の気を　一家の臭いでみなぎらす
銀バエぶんぶん飛んでいる　音まで聞こえて来るもんだ
「分かった、分かった」と息詰めて　奴らのテリトリ駆け抜ける
ムムムン、ムムムン、ムムムムムーン

鼻は閉じても聞こえるよ　山にさえずる鳥の声
シュピー、シュピーとシジュウカラ　雀より小さい鳥なのに
雀の二倍の大声で　テノールの服は黒白だ
ギィ、ギィ、ギギョギョー、ギギョギョーと　コジュケイ所帯じみた声
子連れで藪をごそごそと　歩くよこれでも鳥なのか
ピューイ、ピューイ、ルルピューイ　チヨチヨチイイー、ルルピューイ
若者ムクドリ高らかに　目《まな》じり白くくっきりと
ダダダダダダで見上げれば　アオゲラ幹にドラミング
一人で励む実直さ　雌鳥聞いてやってくれ
フフフン、フフフン、フフフフフーン

鼻唄をうたいながらどんどん下りていって、沼の水が集まって御所川が始まる所に着いた。半夏生が一面に生えている。おいらの背の高さよりずっと高い草だと分かったけど、本当に、ほとんどの葉っぱが半分か時には三分の二ぐらい真っ白の花びらみたいで残りが緑のままだとよく分かった。それから、大発見があった。本物の花もちゃんとあるんだよ。大きな葉っぱの間から、たくさんの小さな白い花が集まってぼってりした房になっていて、リスのしっぽみたいな形で出ている。

「へえ――っ」

とびっくりして、見とれてしまった。

岸の道を回って戻る途中で、犬を連れた家族連れが来た。土曜日だから、皆で半夏生を見に来たんだろう。なんていう種類か知らないけれど、中型の茶色の犬がおいらに向かって吠え始めた。リードを持った父親らしい人は、

「だめ、だめ」

といって、ぐっと犬を引き寄せた。こういう時、犬は猫にかなわないんだよ。

猫は自由にどこへでも行ける。犬はご主人に引っ張り寄せられる。へへっ、お気の毒様、と道の脇をゆうゆうと歩いていたら、

「あっ、あの猫、ソックスはいてるみたい」

と、一緒にいた小さい女の子が言った。

「本当！　恰好いいわねえ」

と母親らしい人が言った。

おいらの自慢、というか母ちゃんが自慢にしていることは、茶色の体の胸から首にかけて広がっている白い逆三角形と四本の白い足首で、タキシードでドレスアップしているみたいに見えるっていうんだ。母ちゃんはおいらがこのおうちに来たばかりの頃、よくおいらを高い高いして、

「タマキチク――ン、ソックスはいて、どこ行くの――」

と、調子をつけて言ったものだ。最初はいやで脚をばたばたさせたけど、すぐに高い所からだとずっと遠くまでたくさんのものが見えることが分かって、おいら高い高いが大好きになった。おいらが重くなってからは、そんな赤ん坊じみたことはされなくなったけど、あの頃からおいらはどこか遠くに出かけて

いく猫なんだ、と思うようになったんじゃないかな。あーあ、ちゃんと長靴をはいて旅に出たいよ。肉球なんか、ペッペッだ。

まあ今日は遠出して半夏生も見たし、女の子と母親がいいこと言ってくれて、「エゴ・ブースト」したので、また急な近道を全然滑らずに、臭いところもひょいひょいと登って、尾根の道に出た。出たところで、ちょっと道の先を見たら、小町姉ちゃんが歩いていくのが見えた。何だかいやに真剣な様子だ。おいらがついていくのなんか気づいていないようで、ずんずん歩いていって、そのまま神社の石段を上っていった。

小町姉ちゃんの白い後姿が長い、薄暗い石段を上っていくのを下の道から見ていたけど、すぐに見えなくなった。沼地の行き帰りでちょっと疲れてしまったこともあって、小町姉ちゃんが消えていった鳥居の奥の薄暗い中に入っていく気がしなくて、石段を上るのはやめてしまった。

それまで神社で何をしていたのか知らないけど、小町姉ちゃんは夕方暗くなってから帰ってきた。おいらはちょうど母ちゃんにご飯をもらって、さあ食べようとお皿の前に座ったところだった。小町姉ちゃんはいつもおいらに先にご飯を食わせてくれるのだけど、何だか気が立っているようで、おいらを頭でぐいっと押しのけて、顔がお皿にくっつきそうに勢いよくガリガリと食べ出した。あれれっ、おいらのご飯なのに……と思ったけど、おいらのことなんか目に入らないようだった。まあ、いいか、お腹が空いていれば上品になんかしていられない時もあるんだろう、とおおような気分で食べさせてやったよ。おいらももう野良猫じゃあないんだし。

ご飯を食べ終わると、小町姉ちゃんは今度は水をベロベロと大きな音を立てて大量に飲んだ。それから居間の隅の椅子に跳びのって、一心に白い毛をなめている。みなみも不審そうに見ていたけど、誰のことも目に入らないようだった。

次の日、母ちゃんが買い物から帰ってきて、父ちゃんに話していた。

「昨日はたいへんだったらしいわよ。あの集会所に話しにきた開発業者の社長が、あの後で、造成予定地を高い所から見るためかなんか知らないけど、神社の境内に行って、連れの人が帰って一人になった時に、石段のてっぺんから転げ落ちてしまったんですって。石段の下で気絶しているのを夕刊配達の人が見つけて救急車を呼んだんですって。そういえば昨日の夕方、神社の方で救急車の音がしてたわよ」

「へえー、夕刊配達の人が通りかかってよかったねえ。あんな人通りのない所じゃあ、誰にも気づかれないものね」

と父ちゃんが言うと、母ちゃんは薄ら笑いを浮かべて、

「何かさあ、二時間ミステリーで、恨まれている奴が夜中に神社の石段のてっぺんから突き落とされて、朝になると頭から血を流して死んでいる……よくあるじゃやないの」

と言った。父ちゃんも目を輝かせて、

「これが土曜日じゃなくて、今日だったら、夕刊配達もないから、一晩中見つからなかったかもね」

と言った。それから二人はその社長がどうなったかをいろいろ推測していたけれど、結局推測なので埒があかないことに気づいたようで、やめてしまった。

その次の次の日に、近所の大村さんの奥さんが来て、というか母ちゃんが家に呼びこんで、話を聞いていた。大村さんの奥さんは町内会で活躍している人で顔が広く、声も大きい。

「とにかく社長さんは、専務になっている息子が集会所に車を取りに行って一人になった時に、転落したのよ。石段のてっぺんに立っていた時、後ろの足元を何かが触ったような気がして振り向いた拍子にバランスを崩したそうよ。持っていたクリアファイルを石段に落として、その上を踏んでクリアファイルといっしょに滑ってしまったんですって。あそこ日蔭だから、石段はまだ前の日の雨で濡れていて、そのまま下まで滑って、道路のすぐ上の石段で頭を打って気絶したらしいのよ」

「新聞配達が通りかかってよかったじゃないの」

と母ちゃんが言うと、大村さんは、

「でも、最初は警察沙汰だったのよ。社長さんが言うには、仰向けに伸びてしまっていたら、白い着物を着た女の人が二人下りて来て、くっつくほど近くから顔をのぞき込んだんですって。社長さんは、ああ、この人たちに助けてもらえるって思って、気が緩んでそのまま気絶したんですってよ」

「それが何で警察沙汰なの？　よかったじゃないの」

「いいえ、それが警察にも消防にも何の連絡もなかったのよ。こういうのって、死体遺棄じゃあなくて、何ていうの……死ぬかもしれない人を放置したわけだから犯罪じゃないの。新聞配達が連絡するまでは、誰からも連絡がなかったんだから、もしかしたら、その女たちが関わっていたのかもしれないじゃないの。でも社長さん自身も、境内には誰もいなかったし、足元を何かが触った気がして振り向いた時もいなかったと言っているのよ。変でしょう？　結局警察は、頭を強く打ったので、思い違いか幻覚だろうということにしたそうよ」

と大村さんの奥さんが言うと、母ちゃんはちょっとがっかりしたように、

「それじゃあ、一件落着ということか」

と言った。すると、大村さんの奥さんは、さらに大きな声で言った。

「いいえ、災難はまだ続いたのよ。専務になっている息子が集会所の駐車場に車を取りに行って、すぐ近くなんだけど神社に向かって走って来る時に、

ほら、尾根の道が細くなって急カーブする所があるでしょう？　あそこまで来たら、カラスが二羽、猛スピードでフロントガラスに向かって飛んで来たんですって。息子は言うことがおおげさなのよ。きっとカラスが低く飛んでいただけじゃないのかしら。でも息子はその二羽のカラスをよけようとしてハンドルを切りそこねて、崖から落ちてしまったのよ」

「ええーっ！」

「いえいえ、落ちたといっても、本当に落ちたわけではないのよ。あそこの崖は傾斜がゆるいし、葛《くず》が一面に茂っていて、車は枯れた葛のつるが絡まっているのに支えられて宙ぶらりんになったのよ。葛のつるの枯れたのって、ものすごく丈夫なのねえ（と大村さんの奥さんは大きな眼をくりくりさせた）。息子は外に出られないから、そのまま携帯で一一九番したわけよ。まあ、沈着ね。怖かったでしょうけどね。でもその時、父親が神社の石段の下で気絶しているなんて全然知らないままよ。結局、土曜日の夕方、鎌倉消防署はあの親子のために消防車と救急車を出動させたのよ」

と大村さんの奥さんは大声で言い終わると、出されていたお茶を一気に飲ん

だ。母ちゃんは感嘆したようにそれを見ていた。大村さんはさらに続けて、

「息子の車はほとんど無傷だったそうよ。でも、社長さんは腰に大きなひびが入ってしまって、手術でボルトを入れるんですって。あれって、うちの親戚にもいるけど、年を取っていると、なかなか元通りに動けるようになるのは難しいようね」

と言った。母ちゃんは、

「土建屋なんか体が元手みたいな商売だから、気の毒にねえ」

と言った。すると大村さんの奥さんは急に声をひそめて、

「いえいえ、それよりも、社長は頭が変になったと社員が言っているのよ。脳の精密検査をして何の問題もないことが分かったのに、社長さんは、い、ま、だ、に（とゆっくり言って）、白い着物を来た女の人が二人、顔がくっつきそうになるくらい近くでのぞき込んだと言い続けているんですって。今どき、白い着物なんてねえ、それも二人で……顔がくっつきそうになんて……」

と言って、じっと母ちゃんの顔を見つめた。母ちゃんも大きくうなづいて、じっと大村さんの顔を見つめた。

気がついたらおいらも息を詰めて大村さんの奥さんを見つめていた。その時はじめて、小町姉ちゃんもこの話をずっと聞いていたはずだ、ということに気づいた。居間の隅の椅子にいる小町姉ちゃんの方を見たら、下を向いて自分の白い脚をぐいぐいとなめているだけだった。

その三　みなみ

夕食の時、お父さんとお母さんは大村さんの奥さんの話についていろいろなことを言い合っていました。お父さんはとりわけ、息子の車が葛の枯れたつるに引っかかって宙ぶらりんになったことに感銘を受けたようでした。

「葛のつるの枯れたのがそんなに丈夫だなんて、驚きだ。たしかに、昔、猿だか、人間だか、猿の真似をした人間だかが、谷川の高い所に藤づるを編んで吊り橋を作っていたなんて聞くよね。葛なんてそこいら中にあるんだから、もっと活用すべきだよ。ポリ何とかいう石油製品の開発ばかり考えていないで」

と言うと、お母さんが上機嫌で、

「葛湯じゃなくて、葛ネットとか葛ロープとか？　バスク語研究よりずっと実用的ね」

と言いました。ご存知かもしれませんけど、お父さんは歴史言語学者で、定年退職後もバスク語というとても古い言語の研究をしているのです。でもこんな言い方は失礼じゃないかと思ったのですが、お父さんもむっとしたように、顔を上げました。お母さんも悪いと思ったらしく、話題を変えて、

「冗談よ、もちろん。でもね、白い着物の女が二人、顔がくっつくほどのぞき込んだと言い続けているっていうのが傑作ね。こういうのって、何か抑圧されていた願望が、生か死かという時に、意識の上に現れたってことじゃないかしら」

と言って、言っているうちに確信したかのように、急に胸を張って続けます。

「普通、仰向けに倒れている人の顔を見下ろすなら、そんなに顔がくっつきそうになんて近づけないはずよ。そんな姿勢は不自然よ。それをそんな言い方をするのはなぜなのか、ってことね」

お母さんが昔大学で講義していた時は、こんな風だったのかしらと思いまし

た。お父さんは機嫌を直して、愉快そうに聞いています。

「両者の位置関係は、子供が寝る時に母親が子供の上にかがみこんでおやすみなさいを言う時を思わせる。大の大人が死ぬ間際に母の名を呼ぶかのように、死を目前に感じた彼は、幼児期の安心して眠りにつく瞬間を思った。心温まる願望です。もう一つの可能性は、こちらの方を私は支持するのですが、仰向けに横たわった自分の顔にくっつきそうに顔を近づけるのは、性交の状況ですよ。でも彼が身動きのできない状態で仰向けになっていたことを考慮すると、これは強姦願望ではないか」

強姦だなんて、お母さんは何を言い出すんだろうと呆れてしまいました。あたしは強姦されたことはありませんが、小町姉さんは年に一回ぐらいはやられそうになるそうです。小町姉さんもあたしも不妊手術されているのに、分かっていない馬鹿な雄猫がものにしようとするのです。そういう時はさっさと逃げるか、逃げきれない時は横腹に思いっきり噛みついてやるんだと小町姉さんから教わっています。これは人間だって同じじゃないのかしら。土建屋のおじいいいさんが強姦さ、れ、た、い、な、ん、て、何もかもさかさまで信じられません。でもお父さ

んは、

「それじゃあ、白い着物を着ていて、二人というのはどう説明するの？」

と訊きました。するとお母さんは急に普通の声になって、

「うーん、社長は処女とか看護婦に執着があったとか、実は二人の姉妹の両方を愛していたとか……まあ、そんなことといろいろあるじゃないの」

と答えました。

こんな変な話あるかしら。小町姉さんはどう思うかと、さっきから隅の椅子で脚をなめていた姉さんを見ると、大きな伸びをしながら起き上り、床におりるとスタスタと部屋を出ていってしまいました。


それからずいぶんして、あたしは偶然に、例の崖に宙ぶらりんになった息子についての気の毒な話を聞くことになりました。

ある日尾根の道で、仲良しの三本足の柴犬ヤタちゃんのご主人が、ヤタちゃんと散歩しているのでなく、市役所の人と歩いているのを見かけました。なぜ市役所の人だと分かったかといいますと、胸に「笹りんどう」という鎌倉市の

シンボルの花の縫い取りがある作業服を着ていたからです。二人の後についていって、話を聞いてしまいました。

「あんなに小さなパワーショベルがあるなんて、知りませんでしたよ」

とヤタちゃんのおじさんが言っていました。市役所の人は、

「まあ、傾斜が大きい所ですからね、大きい機械は危ないですから。下からユンボを入れれば早いんでしょうが、ユンボは使わないようです」

と言いました。二人は造成現場を見てきたのだと分かりました。確かに、下から湯たんぽを入れれば、お布団も早く温かくなります。

「でも、あれじゃあ、三輪車みたいじゃないですか」

とヤタちゃんのおじさんは感に堪えたように言いました。市役所の人はクスクス笑って、

「三輪車はオーバーだけど、あのサイズで何でもあるんですよ。ブルドーザとか舗装機械とか……」

と言いました。それでもヤタちゃんのおじさんは続けて、

「あんな三輪車じゃあ、いつまで経っても工事は進みませんね。地域住民代

表としてはうれしいけど。でも一人であんなことを毎日やっているのは、ちょっと気の毒になりますね」

と言いました。市役所の人は、

「それにカラスがたくさん来て、フンをするんですよ。あの辺りの木を伐採したので、見晴らしがよくなったせいか、毎朝北鎌倉の方からカラスの群れがやってきて、あそこの電線とかフェンスとかにずらりと止まってカアカア鳴いて、飛ぶとフンをするんです。あの人、ヘルメットの上から大きな麦わら帽をかぶっていたでしょう？　あれ、日よけじゃなくて、フンよけだそうです」

と笑っていいのかどうか分からないような口調で言いました。

「さっきは全然いませんでしたね」

とヤタちゃんのおじさんが言うと、

「ええ、毎朝一時間ぐらいのことなんですが、必ず来るそうです。北鎌倉の方から、みんなでカアカア鳴きながら飛んで来て、わたしも何度か見ましたが、壮観ですよ……あそこ、カラスに好かれてしまったんですかねえ。カラスが帰った後に、ホースで水をザーザーかけてパワーショベルの屋根と麦わら帽を洗っているそうですよ」

と市役所の人は応えていました。

「あんな状態ですからね、工事は大幅に遅れています。第一、社長さんがまだリハビリ中ですっかり弱気になってしまって、おまけに息子の専務が、鎌倉山に行きたくないと言って、市街地の仕事ばかりしているんですよ。ユンボを入れなかったのは、専務が計画を変えてしまったからだそうです。まあ、ユンボのレンタルも高いですからね」

「専務が鎌倉山に行きたくないというのは、また事故に会うのが怖いからですかね」

とヤタちゃんのおじさんが尋ねると、市役所の人は難しい顔をして考え考えゆっくりと答えました。

「というか、私には、カラスに襲われるのが怖いと言っているんですよ。あの目がいやだって……」

「カラスの目が?」

「ええ、カラスの目って、真っ黒の玉だけでしょう。それがいやだって」

「ああ、カラスの目は外からはコーサイだけしか見えないんですよね。だからクリッとしてかわいいけど」「コーサイ」って何のことか分かりませんでしたが、とにかくカラスの目はコーサイだけらしいです。

「それが怖いって……真面目な顔で言うんですよ」

と市役所の人は言いました。

「トラウマだな」

とヤタちゃんのおじさんが言うと、

「トラウマですね。よっぽど怖かったんでしょうね」

と市役所の人が繰り返しました。それっきり二人は黙りこんでしまいました。

ええっ、虎馬？　怖いなあ……頭が虎で、胴体が馬？　いや、半虎半馬なら、頭と肩と前足まで虎で、胴体と後足としっぽが馬かな。ウオーと牙をむいて、爪を立てて、パカッ、パカッと追いかけて来るんだ。おおー、怖い、怖い。はやくおうちに帰りたくなりましたが、もう集会所に着いていました。市役所の人は駐車場に停めてあった市役所の車に乗り込む前に、ちょっと心配そうに、

「トラウマって、ずっと続くんですかねえ」

と言いました。ヤタちゃんのおじさんは暗い声で、

「さあ、一生祟《たた》られることもあるんじゃないですか」

と応え、それから思い直したように、

「でも、年月が経てば、小さくなっていくんでしょうね……素人考えですが」

と付け加えました。

小さくなるって、どういうことなんだろう。小さいサイズの虎馬なんて、気味悪いなあ。それから思いつきました。小さくなるって、たとえば、猫犬ぐらいになるってことじゃないかしら。そして、あたしの頭がヤタちゃんの胴体にくっついた姿を思い浮かべました。ウフフ、猫柴かあ、何だかちっとも怖くないなあと思いながら、おうちへ帰りました。

第二章

その一　小町

近所を歩き回っている時に、ゴーギャンの住んでいた、南欧風の家の前を通りました。

ゴーギャンは茶色の雄猫で、体は大きいくせに気が小さくて、わたしが近づくといつもこの家の生垣の内側に隠れ、葉の隙間からそっとわたしが通り過ぎるのを見ていました。一度わたしが彼の家の中に入っていったら、本当にびっくりしたようで転がるように屋根裏部屋に逃げていき、わたしがいる間ずっと隠れていました。自分の家なのにですよ。そのお宅の奥さんが逝去されたら、

ゴーギャンはとても気落ちしてご飯をあまり食べなくなり、三か月後に死んでしまったということです。気立てのやさしい猫でした。ただ年に二度ほど、盛りのついた時だけは、近所の雌猫がいる家の庭にずんずん入っていき、大声で鳴いて雄猫の面目をほどこしていたのが、今では懐かしい思い出です。

ゴーギャンのいた家はわたしが歩き回るルートの一つにありますので、彼が死んでからもよく前を通っていたのですが、その日はたまたま、あの意気地なしがよく隠れてわたしを見ていた生垣に割に大きな隙間ができているのに気づいて、そこから中に入ってみました。

ご主人は、奥さんに続いてゴーギャンも死んでしまったので、今は一人でその家に住んでいます。画家で、一階の広いアトリエでよく絵を描いていたのですが、その日は姿が見えませんでした。フランス窓ごしに覗いてアトリエの中をぐるりと見回してみると、画架には布がかかっていますが、その向かい側の壁に、白い薄地のフワッとしたスカートのドレスがハンガーに架かって下げてありました。胸の部分は光る白地で、細い肩ストラップがついていました。わたしはこんなに美しいドレスを見たことがないような気がしました。何の色もついていない、模様もない、白だけなのに、胸のつやのある布と軽やかなスカートのひだが、差し込む日の光のなかで豪華に輝いていました。ドレスが壁に下がっているだけなのに、まるでそこに人が立っているようです。

家の周りをぐるりと回ってみましたが、誰もいないようでした。入ってきた生垣の穴から道路に出る前に振り返ると、屋根裏部屋の窓が目につきました。その窓のすぐ内側には、奥さんがお元気な頃に白い紙粘土みたいなもので作った、大きな狐の形の像が二つ向き合って、以前からずっと置いてあります。道路からも見えていました。その像は狐の全身なのかどうかわかりませんが、窓に見えているのは直立しているような上半身です。二頭はちょっと背の高さが違って、口つきもちょっと違っています。うちの奥様が以前、

「あんなに単純化しているのに、あの二匹、はっきりと個性が出ているわね。やっぱり芸術家ねえ」

と旦那様におっしゃっていました。二頭の狐は前足をお互いの方に伸ばしています。わたしには出会って挨拶しているようなポーズに見えて、「コンコン」(「やあ、こんにちは」)という声まで聞こえそうな気がしてしまいます。

ああ、そういえば、あの屋根裏部屋にゴーギャンは隠れたんだなあ、と思いました。命あるゴーギャンは駆け回り、隠れ、雌猫を求めて大声を上げ、ご飯を食べ、奥さんの死を悲しみ、死んでしまったけど、あの白い二頭の狐は、動くことも声を上げることもできない代わりに、永遠に「やあ、こんにちは」と今にも言いそうなうれしそうな姿勢で立ち続けるのだなあ、と思いました。

生垣の穴を通る時、ちょっとオシッコをして帰りました。


翌日またゴーギャンの家の前を通ると、フランス窓が開いているのが見えました。まだわたしのオシッコの匂いがぷんぷんする生垣の穴を通って入り、アトリエのフランス窓の所から中を覗いてみると、おじさんが腕を組んで画架の前に立っていました。絵は、方向が悪くてわたしには見えませんでした。「ニャイッ」と小さく鳴くと、おじさんはこちらを見て目を丸くして、にっこりしました。

「やあ、久しぶりだな。元気なんだな」

とおっしゃいました。わたしは中に入り、以前したように室内をぐるりと点検し、それから何となく以前キャットフードのお皿があったところに行ってしまい、そこでおじさんを見上げていました。おじさんは、ハハ――ン、というような顔をして、笑いながら、

「覚えているんだな、賢いねえ。でも、もう猫の餌はないんだよ」

とおっしゃいました。それでもわたしは何となく、おじさんの顔を見続けてしまいました。おじさんは困ったように、台所の方を見ていましたが、

「う――ん、あるとも言えるんだよね……。う――ん、困ったなあ……」

とぶつぶつ言いながら、台所へ入っていき、小さな踏み台に載って高い所にある棚の戸を開け、中から缶詰を一つ取り出しました。

「最後のカニ缶だ。取っといたんだけど、お前と食っちゃおうか」

と、子供みたいにいたずらっぽくおっしゃって、その缶詰をわたしの目の前に突き出しました。「カニ缶」なんて、わたしは見たことも食べたこともありませんでしたが、なんだか宝物みたいな気がしました。おじさんは台所のカウンターで、がっちりした金物の道具をグイグイと回しながら、缶を開け始めました。キャットフードの缶は蓋の金具を引っ張ればすぐに開けられるのに、こ

のカニ缶はそういうものはついていないようでした。格が違うという感じです。

プ――ンと何とも言えないいい匂いが漂い始めました。開け終わると、おじさんは小皿にお箸で中味をひと塊置き、その上にちょっと汁を垂らして、わたしの前に置きました。クンクンするまでもなく、おいしいことは一目瞭然、わたしはそれでも行儀よく少しずつ食べ始めました。

あれっ、何ておいしいんだろう、とびっくりしました。わたしとみなみは、一番おいしいものはホタテとしてきました。ごくたまに旦那様は、食卓にホタテの貝柱の焼いたのが出ると、ご自分のを一つ取って二つに割り、わたしとみなみにくださいます。わたしたちはその半分のホタテをいただくのが無上の幸せと思っています（タマ吉は、小さい頃野良の生活をしていたせいか、食べ物はただ満腹すればいいという信条で、毎日同じドライフードを猛スピードで食べて満足しています）。でもこのカニの味と歯ごたえはホタテとは格段の違いで、世の中は広いなあ、こんなおいしいものがまだまだあるんだ、と感動してしまいました。ふっと気がつくと、ゴーギャンのおじさんが目を細めて、わたしが食べているのを見下ろしていました。

おじさんは私に出したのと同じ形の小皿に残りのカニを取り、お醤油をちょっとかけ、それから思いついたように冷蔵庫から小さな缶ビールを出し、アトリエに持っていきました。画架の前の椅子にすわり、脇の小さなテーブルに置いた小皿のカニをつつきながら、おいしそうにビールを飲み始めました。わたしが小皿の汁まですっかりなめ終わり、おじさんの方を見ていると、

「あっ、待てよ。ほらほら、これがあるんだよ」

とおっしゃって、台所から缶をもってきて、残っていた汁をすっかりわたしの小皿に入れてくださいました。わたしはまた、夢中になってぴちゃぴちゃとその汁をなめました。

「ゴーギャンもそれが大好きだったんだよ」

という声に、おじさんを見上げると、とてもやさしい顔でわたしの方を見ていました。いないはずのゴーギャンがそこにいるように、わたしを突き通して後ろの空気を静かに見ていました。わたしもあの意気地なしが大喜びでカニ缶の汁をなめている様を思い浮べてしまいました。

そのまま、壁ぎわのソファに跳びのって、体をなめているうちに、何だか自

分のおうちにいるような気分になったのか、いつの間にかそこで眠ってしまいました。目が覚めると、おじさんは絵を描いていました。わたしがいるソファから、その絵が今度はよく見えました。壁にかかっている例のきれいな白いドレスを描いているのでした。わたしの知っている絵はたいてい人物が服を着ているのに、おじさんは服だけを描いているのかしら、と奇妙な気がしましたが、その絵にはそれを着て立っている誰かが空気に溶けてちゃんといるような不思議な雰囲気がありました。

その時、わたしは以前、奥様が旦那様に見せていた画集のことを思い出しました。それは、江戸時代という大昔に流行った「誰《た》が袖図《そでず》」という奇妙な形式の絵を集めたというものです。

「面白いでしょう。人物がないのよ。ただ着物を、それも畳んで衣桁に掛けてある絵なのよ。そればっかり描いているんだから、ちょっと不思議なオブセッションだと思わない？　人間嫌いかな」

と奥様がおっしゃると、旦那様は、

「逆かもしれないよ。描けない人物だから、よけい思いが深まるんだよ。誰が袖ならん、と見る方も想像する。究極の人物画かもしれない」

と、感心しておられました。

ゴーギャンのおじさんが描いている白いドレスを見ていると、無粋なわたしも、描かれない女性とは誰だろう……亡くなった奥さんかしら、お嬢さんがいたのかしら、いずれにしてもとてもきれいな人だろうな、と思いをめぐらしてしまいました。でも誰の袖でもないドレスそのものを描いているのかもしれない、とも思いました。

ソファの上で、ストレ――ッチと思いっきり伸びをして、床に降り、フランス窓から出ていこうとすると、おじさんが気づいて、

「おお、帰るか。また、おいで。キャットフードを買っておくよ」

とおっしゃいました。「お願いします」という意味でしっぽを大きく振って地面に降り、入ってきた生垣の隙間から道路に出ました。

その二　タマ吉

近頃、カラスがたくさん鎌倉山に飛んで来る。ここにねぐらがあるカラスではなくて、北鎌倉の方から群れになって飛んできて、木を切り倒して日当たりがよくなった造成中の土地の辺りでしばらく遊んで、また帰っていくらしい。どんな連中なのか見てやろうと思って、カアカアという声が聞こえる時に、声の方角に向かっていったら、やっぱり造成地だった。

いるわ、いるわ、造成地に沿ったフェンスの上の電線にずらりと並んで、日の光をまともに浴びた黒い羽がテカテカ光っている。ハシボソガラスが多いけどハシブトガラスもかなり入り混じって、ハシボソは頭と尾羽をグイッ、グイッと動かして、ハシブトは翼をマントみたいに少し広げて肩を上げ下げして鳴いている。一列になって、思い思いにそれをやりながら、カアーカアーとかガワーガワーとか鳴いているところは、そろってダンスでもしているように豪華だった。へえ——っと、我ながら馬鹿みたいに見とれてしまった。造成地ではおじさんが一人、頑丈そうだけどこじんまりした機械に乗って、地面を掘り返していた。切り倒した木の切り株や藪の根っこを掘り起こしているようだった。カラスには慣れているんだろう、ちっとも気にしていないようで、地面ばかり見ている。

しばらく見ていて、一番端にハシボソなのに体はハシブトぐらい大きなカラスがいて、そいつは全然鳴かないことに気がついた。その隣りに小さめのハシボソがいて、そいつも鳴いていない。何だか、いやに殊勝な様子で、家来みたいな感じだーまさかねえ。

そうやってしばらくすると、端っこのハシブト・サイズのハシボソが、

「グワー」

と一声鳴いて飛び立ち、造成地の上をゆっくりと大きく旋回し、最後にペチャっと白いフンをした。そのフンは、おじさんが乗っている機械の小さな青い透明の屋根の真中に見事に命中した。おじさんは見上げて、「うまい！」とでもいうように、クスッと笑った。ハシボソのフンを合図のように、他のカラスたちも飛び立ち、その辺をごちゃごちゃと飛び回り始めた。そして思い思いに、フンをしている。一度は、フンが斜めに土掘り機械の屋根の端から飛び散っ

て、おじさんの麦わら帽にひっかかった。

ひとしきり飛び回ると、たぶんさっきの大きなハシボソが先導しているのだと思うけど、皆一斉に同じ方向に飛んでいった。飛びながら、景気のいい声でカアーカアーとかガワーガワーとか鳴いている。きっとねぐらがある北鎌倉の山に帰っていくんだろう。

おいらはそのまま、おじさんが機械で器用に土を掘り返しているのを、離れた草むらから見ていた。不覚にもそのまま居眠りしてしまったらしくて、物音にハッと目が覚めた。おじさんが造成地の端の、元あった古家を壊した跡にある水道の所で、ホースでざあざあと水を出して、土掘り機械の屋根を洗っている。それから自分の麦わら帽にも水をかけて洗い、ヘルメットと一緒に草地に置いた。それが終わると、停めてあったライトバンから古ぼけたバッグを出してきて、造成地の端の大きな木の蔭に行き、バッグから出した青いシートにすわった。今度はまたバッグから大きな魔法瓶と新聞紙で包んだものを出した。愉快なことに、その間中、おじさんは独りで「フフフン、フフフン、フフフフ、フーン」と鼻歌を歌っているんだ。新聞紙の包みを開けて、お弁当を食べ出したので、おいらは好奇心満々で、近づいていった。

「おや、猫ちゃんだ」

とおじさんが言った。おじさんが話すのを初めて聞いた。おいらの経験では、初対面の時に、無視しないで、「おや、猫ちゃんだ」という人はいい人だよ。おいらが寄っていって、お弁当の方を見ると、おじさんは、

「ハハ――ン、食べたいんだな」

と言ってにっこりした。

「今日は、おかかご飯だ。ちょうどよかったな」

と言って、お弁当箱の蓋をひっくり返した上に、お醤油をかけたおかかがのっているご飯をひと塊のせて、おいらの前に置いた。

やったあ――と思って、むしゃぶりついた。母ちゃんは猫の体には塩分が強いから悪いのだと言って、絶対にお醤油をかけたものを食べさせてくれないけど、時々残り物を失敬すると、お醤油をかけたものって、本当に旨いことは知っていたんだ。食べながら、気がつかないうちに、グウグウと喉を鳴らしていたよ。一気に食べ終わって、「うめえ――」と心底思った。ふっと顔を上げると、

おじさんがいかにもうれしそうに、にこにこしていた。

「そうかあ、おかかご飯が好きなんだな。俺も大好きなんだよ」

と言って、また、少し載せてくれた。おいらはまた一気に平らげたけど、お腹はずいぶんいっぱいになった。おじさんは自分もおかかご飯をパクパク食べて（ずいぶんたくさん持ってきているんだなあ）、おかずの箱のものも、ポイポイと口に入れていった。沢庵か何かを大きな音を立てて噛んで、元気いっぱいという感じだ――お弁当の食べ方にそんな言い方は変だけど。最後に、焼いたシャケの皮をぶらーんとお箸でつまんで、おいらに見せて、

「これ、好きだろう?」

と言った。おいらは一度も食ったことはなかったけど、母ちゃんがよく、最後においしそうに食べていたのを思い出した。父ちゃんはあんまり好きではないらしく、よく父ちゃんの分もお箸を伸ばして食べていた。えっ、くれるのかな、と身を乗り出したら、おじさんは、

「一番おいしいトコだよ。ごめんね、あげないよ」

と言って、ポンと自分の口に入れてしまった。

おじさんはそれから魔法瓶のお茶かなんかを飲むと、手早く弁当箱も魔法瓶も新聞紙も全部バッグに入れ、腕時計の横のポッチみたいなのを押して、ゴロンとシートに寝っ転がった。あれっ、寝るの？　と思ったら、もう、完全に眠っていた。木陰で涼しい風が吹いていて、とても気持ちよさそうだった。おいらもつられてシートの端っこに横になった。満腹で、すぐに眠ってしまったようだ。

突然、ピーピーピーという音がして、目が醒めた。おじさんもがばっと身を起こし、

「はい、はい、はい」

と独りで言って、腕時計の横のポッチを押した。目覚ましだったんだ。それから、携帯電話を出して、話し出した。

「ああ、カトーですけど、昼休み終わりました。これから作業開始です」

と言った。何かおかしいことを言われたらしく、声を立てて笑って、何か言い返していた。まるで人が変わったみたいに、いきいきとして、目を輝かせてしゃべっている。一体、電話の向こうはどんな人なんだろう、何を言われたたん

だろう、と思ってしまった。電話を切ってからも、クスクス笑っていたけれど、
おいらに気づいて、

「おや、猫ちゃん、まだいたんだな」

と言った。

「仕事だ、仕事だ、ごめんよ」

と言って、おいらがまだ横になっていたシートをひっぱって、おいらをおろし、畳んでバッグにいれて、ライトバンに押し込んだ。土掘りの機械に乗り込みながら、やさしい顔でおいらの方を見て、

「いい猫ちゃんだ。またおいで」

と言った。おいらとしても、おかかご飯をくれた、いいおじさんだ、と言いたいね。丸いしっぽをクルリと回して、敬意を表した。

その三　みなみ

「ねえ、この頃、小町とタマ吉があんまりご飯を食べないのよ。昼間は出ていっ

て、帰ってから夕方まで全然食べないこともあるのよ」

とお母さんがお父さんに言っていました。

「みなみは？」

「みなみは普通に食べている。あの、食いしん坊のタマ吉が夕方までおとなしくしているんだから変わったわねえ」

とお母さんが答えると、お父さんは、

「元気なんだから、放っておけばいいよ」

と言いました。

実はあたしも、二人の変化に気づいていたのです。小町姉さんは時々鳥を捕まえて食べていますけど、お父さんやお母さんがおうちにいる時は必ず捕ったものを見せてから食べています。それにおうちのご飯を食べないのは二、三日おきぐらいとあたしは見ていますから、そんなに心配していません。姉さんには姉さんなりの生活があるのです。でも、タマ吉は外をほっつき回っていても必ずお昼と夕方には帰ってきて、ドライフードをどっさり食べるはずなのに、お昼はほとんどご飯を欲しがらなくなってしまいました。

それである朝、タマ吉がフラップから出ていった後をつけていこうと思いました。タマ吉は外へ出ると、別にはっきりとした行き先があるようでもなく、庭を回って歩き、裏山へ入っていきます。私がついて来るのに気づくと、例によってハッ、ハッと脅すように大きく息を吐いてあたしをにらみつけました。あれをやられると、あたしはいつもビクッとして立ち止まってしまいます。何さ、きょうだいなのに……と、悔しくなります。タマ吉はあたしが止まっているのに、ちらちらと振り返り、時々遠くからハッと息を吐いて怖い顔をして、尾根の方へ歩いていきました。こんなことされちゃあ、もう心配なんかしてやるもんか、と思いました。

でも、本当に偶然にあたしはタマ吉が何をしているかを知ってしまいました。ある日造成地の方を回っていき、以前ヤタちゃんのおじさんと市役所の人が話していたことなんかを思い出して、すっかり広く変わってしまった泥地を見渡していた時、工事のおじさんが隅っこの木陰でお弁当を食べているのが見えました。そして、そのすぐ脇で、タマ吉がおじさんからもらったらしいものをむしゃむしゃ食べていました。あら、いやだ、タマ吉ったら、こんな所でお昼をもらっているんだわ、と呆れてしまいました。フェンスの後ろからそっと近づいてみると、タマ吉はおじさんのお弁当箱とは別の平たい小さな箱に入った、何か茶色いものが一面にかけてある白いご飯を食べています。――ってことは、このおじさんはタマ吉用にあれを持ってきたのかしら、とますます呆れてしまいました。

息を殺して見ていると、おじさんはタマ吉がすっかり空にした「お弁当箱」を持って水道の所へ行き、ざっと洗って、水をなみなみと入れて持ってきてタマ吉の前に置きました。タマ吉はその水をベロベロとおいしそうに飲んでいます。そのすべてを二人がいかにも何気なく当たり前のことのようにやっているのです。おじさんはやがて、自分のお弁当箱と水を捨てたタマ吉の「お弁当箱」をポン、ポンとバッグに投げ入れて、シートにごろんと寝っ転がって眠ってしまいました。タマ吉もその脇で横になり、グーンと四本の脚を伸ばし、すべての肉球をおじさんの脇腹にギュ―ッと押し付けましたが、すぐに伸びた脚に力がなくなり、そのままグデーンと眠ってしまったのです。まるで気心の知れた仕事の相棒が昼寝をしているような感じです。

ああ、呆れた、呆れた、とさっきから同じ言葉ばかり頭の中に出て来るのに我ながら呆れながら、おうちへ帰りました。

そんなわけで、あたしはもうタマ吉がおうちでお昼を食べなくても、心配しないことにしました。お父さんもお母さんも心配してないようだから、妹のあたしが脅されるような思いまでして様子をみてやる必要はありません。ところが、それからしばらくして、タマ吉がお昼過ぎに帰ってきて、お母さんからキャットフードをもらっているのに気がつきました。午後は、なんだかぼおっとしているような感じでした。その後も毎日、お昼過ぎに帰ってきてキャットフードを以前のようにむしゃむしゃ食べています。おじさんからもうお弁当はもらえなくなったのだな、と思いました。でも、毎朝、出かけていくことには変わりありません。あたしは、タマ吉は今でも造成地へ行っていると確信していました。それで、タマ吉がおうちを出て少し経ってから、あたしも造成地へ行ってみることにしました。

驚いたことに、造成地にはもう土掘り機械はなく、おじさんもいませんでした。以前は傾斜していた所に、細長い平らな泥地が広がっていましたが、それ以外には別にお母さんが言っていた「擁壁」というダムみたいなものができているわけでもありませんでした。ただ木や藪がなくなって、何もない地面だけが日に照らされていました。それからふっと目を移すと、その赤っぽい茶色の地面と同じような毛色のタマ吉が、以前お弁当を食べていた辺りに立っているのに気がつきました。

ほーら、やっぱりここに来ていたんだわ、とおかしくなりました。ハッハッと脅されてもいいから、ちょっとからかってやりたい気がして、フェンスの後ろからそっと近づきました。タマ吉は町とその先に海が見える方角に向いていました。横顔がはっきり見える所まで来て、あたしはぎくっとしました。あんなに静かな顔をしているタマ吉を見たことがありませんでした。正直言って、猫ってあんな寂しい目つきができるとは、猫のあたし自身ですら知りませんでした。ちっとも動かず、四本の脚を踏ん張るようにしっかりと地面に立てて、ぼおっと海の方を見ています。まるで海の向こうに行ってしまった誰かを、姿が見えなくなっても見送っているような感じでした。お弁当をくれたおじさんは海の向こうになんか行ってないのに、何をしているのよ、馬鹿なタマ吉、と思いました。お母さんがソックスみたいと言っていた白い足首がいやに目立ちました。タマ吉が何を考えてあんな静かな顔をしているのか分からなかったけど、その白いソックスを見た時、その際立った白さが何だかタマ吉の心のような気がして、急にかわいそうになり、からかう気が全くなくなってしまいました。気づかれないように、そのままにして、あたしはおうちに帰りました。

タマ吉はそれからしばらくすると、毎朝造成地へ行くのもやめてしまったようで、以前と同じように裏山をほっつき回り、お昼ごろには帰ってきて猛スピードでドライフードを食べる、という生活に戻りました。でも時々、造成地に行っているらしいことはあたしには分かりました。というのは、いやに真面目な顔つきで帰って来ることがあって、そういう時は、白いソックスに造成地特有の赤茶けた泥がついているからです。あそこは地面が掘り返したままで柔らかいので、奥まで行くと足首まで入ってしまうのです。

それからしばらく経ったある日、お母さんの昔の教え子という方が、赤ちゃんを見せに遊びに来ました。赤ちゃんは男の子で、まだ伝い歩きしかできないのに、縞のサスペンダーのついた半ズボンなんかはいちゃって、おまけに白いソックスに白い柔らかそうな革靴まではいています。

「うわー、可愛いわねえ」

とお母さんは言ってため息をつきました。あたしも小町姉さんもタマ吉も、その最高にドレスアップした赤ちゃんをじろじろ見てしまいました。赤ちゃんのお母さんは本当にうれしそうに、目をパチパチさせて、

「主人ったら、馬鹿みたいに、いろんなものを買ってくるんですよ。帰りに時間があると、すぐにデパートの赤ちゃん用品の売り場に寄っちゃうんですって。あたしになんか何も買って来てくれたことないのに。それにあたし、この子が生まれてから、デパートになんか行ったこと全然ないんですよ」

と言いました。でもちっとも不満そうではありませんでした。

「この靴、最高に可愛いじゃないの。全然実用的じゃないけどね」

とお母さんが笑いながら言うと、赤ちゃんのお母さんは、

「と、あたしも思ったんですけど、実用、実用、大実用だったんですよ。は

かせてみたら、急にぐーんと腰を伸ばしてつかまり立ちしたんです。これちょっとブーツみたいになっていて、足首の所をボタンで留めるでしょう。それで、足がしっかりと床に固定するんだと思うんです。はかせたら途端にソファーに手を伸ばして、ぐーんと自分で立ち上がっちゃったんですよ」

と言いました。

「へえ――」

「あたしたち、もう、驚いちゃいましたよ。当人も最初びっくりしたように目を丸くしていたけど、すぐにキャッキャッ言ってよろこんで、立ちっぱなしなんですよ。（クスクス笑いながら）本当に立ちっぱなしで、その後どうしていいか分からないようで。でも抱こうとすると嫌がって、しょうがないからあたしたちも、エライ、エライと言い続けて、ご飯も食べられないで……」

「直立のヒトになった瞬間ね」

とお母さんが感慨深げに言いました。そうなんだ、人間と猫やタヌキの違いは直立するかどうかなんだ、と改めて思いました。

「それで、とにかく翌朝も立っちばかりしていて、その日の午後には伝い歩きを始めたんです。立ってるばかりじゃつまらんって感じで。つい一週間ぐらい前のことです」

「へえ――、そうなの」

「それもですね、最初は右にしか行かないんですよ。それですぐにソファーの端に着いちゃうでしょう、そうすると、何とかそのままソファーの後ろを回ろうとしたりして癇癪おこして、もう、あたし、おかしくっておかしくって……仕方がないから抱き上げてソファーの左端の出発点へ下ろしてやると、またよっちらよっちら右側の端へ向かっていくってわけで、こっちは何にもできないんです。もう癇癪起こしても放っておいて台所で家事をしていたんですけど、いやに静かになったんで、見たら、今度は左に歩いていたんですよ」

と赤ちゃんのお母さんは、満面の笑みで言いました。お母さんも声を立てて笑って、赤ちゃんの顔をのぞき込んで言いました。

「そうだよねえ。歩けるんだから、右も左も、どこでも、世界中に行くんだよねえ」

その言い方が、あたしたち猫に話す時にそっくりなので、おかしくなってしまいました。赤ちゃんはキッと目を上げて、まじまじとお母さんの顔を見ていました。

それから、赤ちゃんはビスケットを食べたり、ジュースを飲んだり、おむつを変えたりとひと騒動あって、ソファーに寝かしつけられて、やっとお母さんたちは出前のお寿司を一緒に食べ出しました。あたしたち猫はすでにご飯を食べていたので、小町姉さんは外へ出ていき、あたしも出ていこうとしました。その時、タマ吉の様子が変なのに気がつきました。赤ちゃんが寝る時にお母さんが脱がせてソファーの横に揃えて置いた、例の小さなブーツをじっと見つめているのです。

あっ、タマ吉、何かやるな、と思いました。タマ吉はちょっと体を低くして、そろそろとブーツに近づいていきました。お母さんたちはお寿司と話に夢中になっていて、全然気がついていません。タマ吉は片方の前足をそっと出して、片方のブーツを引き寄せ、するりと横になって両方の前足と後足でそのブーツをこそこそといじくり始めました。段々興奮してきたようで、あおむけになっ

て四本の足でそれを宙に持ち上げ、くるくる回すようにしています。その時になって、お母さんが気づいて、

「あら、タマ、何してんのよ。革をひっかいちゃだめじゃないの」

と大きな声で言いました。そして、赤ちゃんのお母さんに、

「珍しいから、じゃれているのよ」

と、説明しながら立ち上がり、そのブーツともう片方のブーツを取り上げて、赤ちゃんのお母さんの大きなバッグに入れてしまいました。赤ちゃんのお母さんはびっくりしたように、

「革の匂いがするからかしら。何か、獲物と思ったのかしら」

と言っていました。

そうじゃないんですよ。あたしには分かっていました。じゃれているんでも、獲物の匂いがするからでもないんです。タマ吉ったら、あのブーツをはきたいんです。長靴をはいて、旅に出て、海を越えて、世界中に行きたいんですよ。工事のおじさんが帰った鎌倉の街だって見たことないくせに、馬鹿なタマ吉、できっこないことでも、一応やってみる男一匹、でなくて雄猫一匹。

タマ吉は、その日の午後は全く外へ行かず、赤ちゃんのブーツが入ったバッグを遠くから見ていました。お客さんが帰ったら、例によってキャットフードをむしゃむしゃと猛スピードで食べていました。

第三章

その一　小町

　また神社のお祭りが近づいてきました。タマ吉とみなみは一度行って以来、お祭りの当日は毎年出かけていきます。隣家のノアもみなみと一緒に行くようです。ただ人間たちがやることを見ているだけで面白いらしいのです。わたしは何となくお祭りの何日か前に境内に行ってみました。

　神社猫の三毛が出てくると思ったのですが、境内には男の人が二人、私の来た石段の方には背を向けてベンチに腰掛け、海の方を見ながら話していました。その脇に柴犬がきちんと座って私の方を振り返って見ていました。みなみ

の仲良しの柴犬、ヤタちゃんでした。わたしと目が合うと、しっぽでぱたりと地面を打って挨拶をしました。わたしも自慢の太いしっぽを大きく振って挨拶を返しました。それで、男の人の一人はヤタちゃんのご主人だと分かりました。もう一人の人は、神社の氏子総代の方で、お祭りの時には神職さんを案内したり、神事開始のアナウンスみたいなことをする人でした。そのおじさんが話していました。

「まあね、境内から、西には富士山が見えて、その下に海が見える、南には大島が見える、東を見れば海の向こうに三浦半島が一望できて、その向こうの房総半島まで見える。日の出も日の入りも見える。こんな神社はめったにありゃあしませんよ」

と自慢げです。

「そうですねえ」

とヤタちゃんのおじさんが相づちを打って、続けました。

「そういえば、以前、英文の鎌倉の地図を見た時、鎌倉山のことをカマクラヤマ・ヒルズと書いてあって、なるほど、鎌倉山っていうのは山脈なんだなあ、と思いましたよ。尾根から北の内陸の方を見れば、横浜のランドマーク・タワーがいつでも見えるし、空気が澄んでいれば新宿のビル街も見えますね。電車で一時間かかって行く町が見えてしまうんですからね。ここから東京まで真っ平らに見えますよ。変な話だけど、関東平野を相模湾から守っているような感じがしますね」

氏子総代は大きくうなづいて、

「特にこの神社は鎌倉山の中で一番高い峰にあるんですよ。今は境内の木も、海岸の方へ下りていく途中の木も大きくなっていますが、創建当時は今よりもずっと見晴らしがよかったはずです」

と言って、さらに、

「お祭りの時の神職さんの祝詞《のりと》の中で、いつも、『笛田の農民と津村の漁民』という言葉が出てくるんですが、昔は野良仕事をして目をあげると、社《やしろ》はこんなに小さいから見えないけれど、神社の森ははっきり見えたはずですし、相模湾で魚を取って陸を見ると、一番高い神社の峰がはっきり分かったはずです。まさに民衆の守り神ですよ」

と、満足そうです。

わたしは神社がある山が鎌倉山で一番高い峰だとは知らなかったので、たいへん興味深く聞いておりました。境内の裏はまだ急な上りが頂上の方へ続いています。わたしが境内に来ると、三毛はよくその傾斜を駆け下りてくるのですが、頂上あたりの穴ぐらに住んでいるのかもしれません。そこからならやみよやつぶてのいる北鎌倉の半僧坊の山もよく見えるだろうと思いました。

氏子総代の話から思い出したのですが、以前奥様がご次男に、神社のおおもとの出雲大社の本殿は昔のある歴史書によると四八メートル、それよりもっと昔のには九六メートルと伝えているとか、ものすごい高さだったとおっしゃっていました。それがどれぐらいの高さなのか、わたしには分からないのですが、ご次男は東京の高層マンション並だと、呆れていらっしゃいました（実は高層マンションというものも、わたしは見たことがないのですが）。近年出雲大社では、巨大な柱の一部が発掘されたので、ますますこの高層建築の社殿が信じられてきているそうです。それを想像して描いた変な絵がありました。支柱がむき出しの階段が一直線に、四八メートルだか九六メートルだかの高い社殿へ続いているのです。奥様は、天皇家の祖先は、国を造った大国主《おおくにぬし》を滅ぼして王になったので、人民が恨まないように、大国主は国を譲ってくれたとか、天にも登る高いお宮を建ててさしあげたとか歴史書に書かせたのだろう、とおっしゃっていました。

「大国主を滅ぼして王になったと書いて、何が悪いの。どこの国だって、王になるって、そういうことじゃないの」

とご次男がおっしゃいました。奥様は、

「うーん、そうよね。恨まれないようにって、とても気を遣っているのよね。日本の昔の人は、すべて和やかに進みましたという話が好きなのよ。和を以《もっ》て貴《とうと》しとなす、が日本最古の憲法の第一条だもの」とのことです。

でも学者の中には、何度も倒れて建て替えたという話が伝わっているから、本当にその高さだったのだろうと言っている方も多いとも奥様はおっしゃっていました。例の大社の絵は、ふつつかながら猫のわたしでも、馬鹿らしいと思う絵でして、どうしてこんなものを真面目に論じているのか分かりません。わたしが思いますに、その大昔の大社はこの鎌倉山の神社のように、高い山の上に建てられていたのではないでしょうか。だから遠くから見た時に、その社殿がとても高いものに見えたのではないでしょうか。幸か不幸か猫には読むべき歴史書がありませんので、猫の常識で考えれば、自然な姿がおのずと思い浮かぶように思われます。

神社で聞いた話を思いかえして、わたしは自分が住む鎌倉山の稀有な位置につくづく感銘を受け、その思いを長歌《ちょうか》に詠《うたい》いました。奥様が声に出して読んでおられたいくつかの古今の国褒《ほ》めの歌に倣《なら》って、お祭りの前祝いにご披露させていただきます。

茨城小町《いばらぎのこまち》

相模には群山《むらやま》あれど　とりよろう鎌倉が山
登り立ち国見をすれば　国原は青田つづきて
そのうえを行くモノレール　遙か先そびゆるランドマーク
海原は白舟あまた　青き空かもめ立ち立つ

岸近く鳶の飛翔す　西見れば富士の高嶺に
夏なれど雪渓消えず　そのもとに箱根山々
「あれが神山《かみやま》、あのボコボコが二子山《ふたごやま》」
山なみを辿りし果てに　天城山雄姿のびやか
大島は旗魚《カジキ》の形　その横におむすび形の
島影は利島《としま》なるらん　うまし姿伊豆の島々
東《ひむがし》にまなざし向ければ　三浦半島一望のもと
利休ねずみの雨のあがれば　三崎港鯛《たい》よ魬《はまち》よ
いにしえの衣笠城址　三浦氏の礎《いしずえ》なれば
忠臣の無念の涙　遺構井戸涸《か》れることなし
霊犬と姫の籠りし　南総の山も遠望
犬かきで海を渡るか　八犬の伝えぞゆかし
野良の手を休め仰げば　神の森いよよ緑に
漁《いさ》り人陸を望めば　いと高き峰画然と
国人《くにびと》の山ぞ目に見ゆ　泣けと如くに

反歌二首

霧の上に赤らみ見ゆる富士の峰　あけぼのは春と何思いけん

ともがらと尾根より入江み渡せば　朝日にさわぐ由比《ゆい》の浦浪

御清聴感謝いたします。

その二　タマ吉

神社から砂利道を隔てた向かい側は、神社の森と全く違って日当たりのいい草地の斜面が下の方へ伸びている。土地の持ち主が手入れをしているらしく、定期的に草が刈られ、ところどころにある桜の木や梅の木が枝を広げている。夏はカンナの固まって生えている所に、大きな焚火のように花が咲いている。カンナの花が終わる頃、草地一面に釣鐘人参《つりがねにんじん》の花が咲く。ちょっと紫色がかった、ほとんど白い釣鐘型の花の輪が、茎の周りに二、三段になって咲いている。母ちゃんはそれが大好きらしくて、朝の散歩から帰ると、父ちゃんにさかんに見に行くように言うのだけど、父ちゃんは以前一度行ったっきり、それで十分で、何で母ちゃんが毎朝見に行くのか分からないようだった。

実はおいらも釣鐘人参の花を毎日見に行く。でも、そのわけは、母ちゃんとは違う。花がすごく面白いことをしているからなんだ。一つ一つの花の中に、小さな蜂を入れているんだ。蜂は頭から体全体をすっぽり釣鐘の中に突っ込んでいる。たぶん蜜を吸っているんだろうが、釣鐘の中で身動きもせず、まるでだっこされたまま寝てしまったみたいに入りっぱなしだ。おいらが歩き回って見た限りでは、十分な大きさになっている釣鐘のほとんどすべての中に入っているんだよ。釣鐘型の花は下を向いているので、人間だと見下ろしちゃうから、猫の高さでないと、中で何が起こっているのか全く分からないと思う。きっと母ちゃんも、一つ一つの釣鐘を下からのぞき込むと、小さいくせにぼってりした蜂のお尻が見えるなんて知ったら、びっくり仰天だろうな。

おいらが毎日見に行くわけは、その蜂が花から出てくるところを見たいからなんだ。でも、一度も見たことがない。蜂は毎朝みんなで飛んできて、釣鐘の中で蜜を吸って、巣に帰っていくはずだけど、一体いつ来て、いつ帰るのか、一日のうちに何度も来たり帰ったりするのか、みんな一斉に行動するのか、全く分からない。まるで釣鐘人参と蜂は一つの植物、というか、半虫半花の生き物だよ。毎年、しばらくすると釣鐘は空っぽになって、花はそのまま枯れてしまう。

ところで、その日当たりのいい斜面と反対に、道路を隔てた神社はいつも薄暗い。何で神社はいつも暗いのかなあ、と石段の下から見上げていて、急に理由が分かった。母ちゃんと父ちゃんが以前、神社の楠《くすのき》はとても丈夫で台風でも倒れないし虫も全然つかないから、あんなに大きくなったんだ、と話していた。たしかに神社の木は、木枯らしで裏山の木がみんな葉を落として丸坊主になっても、いつも青い葉をいっぱいつけている。おいらは日がよく当たる落葉の中をわさわさと駆け回るのが大好きなんだけど、神社の境内でそんなことをしたことがない。神社では葉がばらばら落ちて真っ裸になるのは恰好悪いと思って楠を植えたのかなあ。人間って変なことに気をつかうことがあるからね。でも春には若葉が出ているんだから、葉っぱは昔のがつきっぱなしってわけじゃあないはずだ。新しい葉が茂ってから、コソコソッと前の葉を落とすのかな。

何でも、楠って自分の葉っぱの中の袋にダニを飼っていて、そのダニを食べる天敵のちょっと大きい別のダニがいつも葉っぱにのさばっていて葉を食べる虫を寄せ付けないんだそうだ。

「天敵の連鎖を自分の葉の上でやっているんだから、まさに天下無敵の木だ」と父ちゃんが言っていた。つまりは釣鐘人参みたいに、半虫半葉の生き物ってわけじゃないか。斜面の桜や梅には毎年毛虫がついて葉っぱのご飯をどっさりもらっているけど、楠に毛虫がついているのなんて見たことがない。台風にも木枯らしにもビクともしないで偉そうにしているくせに、自分を守ってくれるダニだけ大事にして、毛虫や芋虫にご飯をやらない……何か、ケチっていうか、料簡が狭い木なんだよね。おいらは好かないね。釣鐘人参とは大違いだ。

でも年に一度、神社が大盤振る舞いする日があるんだ。お祭りの日だ。今年は特にすごかった。普段は誰もいない境内の真中にポツンと立っている、猫ぐらいしか入れない小さな石造りの祠《ほこら》の前に長い台が出て、そのうえに四角いのにどういうわけか三方《さんぽう》という(穴が三方向についているからかなあ)、高い台つきのお盆が五つも出ていた。たいていは三つなんだよ。今年は、一つにはメロンと林檎と葡萄の房とバナナなんかの色とりどりの果物が盛り上げてあって、二番目のには紅白の饅頭が一つ一つラップに包んだのが積み上げられていて、三番目のには大きなするめ、昆布、削り節の小分けパックが入った大パックといった海の乾物を藁で結わえて二つ立ててあった。本当はかつお節を二本ドンと立てたいのだろうが、母ちゃんがスーパーで買ってくるような削り節のお買い得パックで代用っていうのが、泣かせるね。でもそれで座りよく支えられて、するめは干からびた脚で三方の上に直立している。四番目の三方には白い徳利と白い盃、それからやはり白いお皿に塩が富士山みたいにきれいな形にして盛られている。神様はこの塩をなめなめお酒を飲めっていうのかなあ。ずいぶん質素だなあ。でも、このお宮に祀られている大山津見命《おおやまつみのみこと》っていうのは、孫が生まれた時に喜んで、お酒を最初に作って友だちの神様たちにふるまった神様なんだとさ。いいとこあるじゃないか。最後の五番目の三方は野菜だ。太いさつま芋、とうもろこし、人参、茄子、胡瓜、ズッキーニ（ええっ！）が三方いっぱいに直立不動に立てられて藁で結わえてあって、最前列にはオクラがずらりと一列に並んで立っている。おいらが覚えているのでは、毎年果物と饅頭と野菜の三方が出ていたと思うんだけど、今年の御当番の氏子はちょっと気張ったんだろう。

お祭りは一年で一番暑い日に決めたんじゃないかと思うほど、いつも暑い。でも朝の十時に始まるのに合わせて、皆が集まってきた時に思ったね。境内にあがってくると、海からの風と例の楠の深い木陰のせいで、すうっと涼しくなるような気がする。おいらは境内の隅っこの紫陽花の木の蔭にもぐって見物することにした。

例の猫のお宮（猫が入れるくらいの大きさしかない小さな祠なので、おいらはそう言うんだけど）の前の三方の並んだ長い台の横に、もう一つ小さな台があって、緑の固い葉っぱがついた木の枝に白い紙のビラビラ飾りをつけたものが積み重ねてあった。その横に、きれいな絵のついた紙で巻いたお酒の大瓶が立っていた。お宮の左側にはベンチが並んでいて最前列には、白いバリバリに糊がついたちゃんちゃんこを服の上につけた、氏子の幹事のおじさんたちが座って、その後ろの三列のベンチにはちゃんとした服装の氏子のおじさんやおばさんが、扇子やうちわをばたばたさせて座っていた。周りには、花壇で使う花のつっかい棒に針金で蚊取り線香をつるしたのが、たくさん立っていて、煙がどんどん上がっていた。

お宮の左側には、近所の人たちが氏子とちがってラフな普段着や散歩の恰好でぞろぞろと遠巻きに立っていて、犬を連れている人もいる。犬の散歩と兼用ってわけだ。太鼓打ちの空色のはっぴを着た小学生も、笛を吹く若いおじさんの脇に固まって立っている。毎年見慣れた情景だ。みなみとノアは、柴犬のヤタちゃんの後ろにきちんと座っている。あの三人、みんな「障害者」なんだよね——みなみの仲良しのヤタちゃんは事故で後足が一本になった三本足の犬、みなみは生まれたばかりで捨てられていた駐車場で車にひかれたので前足が一本曲がった猫、ノアは生まれつき片目が見えない猫。それなのに、こうやって遠くからみると、行儀よく堂々として、立派じゃないか。あの、きょときょと辺りを見回して喜んでいる大きなラブラドル・レトリーバーよりずっと格が上《うえ》っていう感じだよ。

いつもは神職が二人で交代していろいろな神事をする。初めてお祭りに来た時は、男の神職が、突然「ウオ————」という狼のような大声を、延々と叫び続けるので本当に驚いたのだけれど、毎年あの大声で神様を呼び出すんだ。それからもう一人の神職がまた大声で祝詞を上げ、それから二人で塩を撒いたり、鈴をちゃりんちゃりん鳴らして複雑なステップの御神楽を踊ったりすることになっている。でも今年は青地に白い鳥が輪になった模様のある衣装に袴をつけた男の神職が一人だけで、もう一人は黒いスーツ（この暑いのに）のおじさんで殊勝な顔で座っている。氏子総代のおじさんの紹介によると、「ジンジャチョー」から来たお役人だそうだ。初めて聞いたお役所だけど、どうやら各地のお祭りにスーツのおじさんを派遣するお役所らしい。お役人だから、大声も上げずお神楽も踊らず座っているだけで、一人の神職で何もかもを続けざまにやって、顔から汗をぽたぽた垂らしていた。

神事のあとに、氏子が順番に例の木の枝にビラビラ飾りのついたのを供えて、空色のはっぴの小学生が五人、お宮の横に敷いたござに座って、それぞれの太鼓をテケテケドンドンと打ち始めた。いつも小学生の太鼓の音の大きいのにぎょっとするのだけど、今年も改めてぎょっとした。見物人もぞろぞろお宮の前に並んで、お賽銭を入れたり、手を打ったりしていた。

ところでお供えのお饅頭は、太鼓を打ち終わった子供たちにその場で紅白ひとつずつあげることになっている。子供たちは神事の間もちらちら三方のお饅頭の方を見ていた。毎年のことだけど、はっぴの子供たちが紅白のお饅頭を持ってにこにこ顔を見合わせている様子は、こっちもうれしくなってしまう。この子たち、この日のことをきっと一生忘れないよ。

お参りが終わって、氏子たちはベンチやお供え物を片付け始めた。氏子総代のおじさんが、その人たちに、

「それじゃあ、皆さん、片付いたら集会所の方へ移動してください」

と声を張り上げて言って、それから神職とお役人に、

「涼しいところで、食事の用意がありますから、どうぞ。お神酒《みき》も召し上がっ

ていってください」

と言った。神職はいやに今風《いまふう》の大きなタオル地のハンカチで、顔と首回りをごしごし拭きながら会釈をした。ジンジャチョーのお役人も、上着を脱いで腕にかけて、神妙にお辞儀をした。お役人が勤務中にお酒を飲んだりしていいのかなあ。もっともお神酒なら仕事なんだから、やらなくちゃあならないのかもしれない。各地のお祭りを回ってお神楽を見物して、お酒とご馳走をいただくのが仕事なんて、最高に楽しい公務員じゃないか。

氏子のおじさんやおばさんは、空になったお饅頭の三方とするめが踏ん張っている乾物の三方と、果物の山の中からメロンだけは取った。それから、びらびら飾りのついた木の枝の残り、酒の瓶、蚊取り線香をつるしていた針金のついた棒なんかをまとめ、手分けして持って境内を出ていった。お宮の前の台には、まだ三つの三方が残っている。果物（メロンはなし）のとお酒と塩の富士山のと野菜の三方だ。いつも果物と野菜とお酒と塩は神様に残しておくようだ。と言っても、その夜の内に山の獣や虫がさんざんご馳走になって、夜明けには鳥も突っつきにきて、朝にはほとんど食べ散らかされた残りのゴミになっている。それを昼間に当番の氏子が毎年掃除している。おいらの思うには、昔から、お祭りは山の生き物もご馳走にあやかるように、神様になんて言って、わざと獣や鳥たちの好きそうなものを残しておくしきたりなんじゃあないかなあ。猫としては、あのするめと削り節の三方も残しておいてほしかったけど、きっとあのするめをあぶってお酒のつまみにして、削り節と昆布はおばさんたちが分けて家へ持ち帰るんだろう。

その三　みなみ

お祭りの日は、昼間のお神楽や笛・太鼓もおもしろいけど、あたしが一番楽しみにしているのは、夜です。神様にお供えしてある物を、山の獣たちが食べにくるのを見物するのです。あたしが夜遅く、お父さんとお母さんが寝てしまってから、猫フラップから外へ出ていこうとするのを、タマ吉は馬鹿にしたようにちらっと見て、また寝てしまいました。小町姉さんはどこかに出掛けてしまったようでした。

ノアのおうちの前で鳴いてみましたが、出てこないので、一人で神社へ向かいました。夏の夜道って大好きです。あたしは顔半分と胸・肩と脚を除いて黒いので、後ろからだと夜は真っ黒で分からないから、車に気をつけなければなりません。だから、車の通る尾根の道は崖っぷちすれすれの所を歩いて行くことにしています。

この季節に崖っぷちで夜にだけ見られる素敵なものがあります。カラスウリの花です。カラスウリの花は真っ白です。大きさは、というと、どう言ったらいいか、それが問題なのです。日が暮れると五枚の細長い花びらを開いて、それ自体は猫の足の裏よりも小さな花なのですが、それぞれの花びらの縁から細い白い糸がたくさん出て、さらにそれぞれの糸の先からもっと細い長――い白糸が出て、絡み合って元の花をレース飾りみたいに囲むのです。全体では中心の花の三倍ぐらいの大きさになります。お母さんがイタリアのお土産にもらった、レースのドイリーという花瓶敷に大きさも形もそっくりです。月の光に照らされ、崖っぷちに沿って、この白いレース飾りが点々と続いていく光景は夢のようです。おまけにこの花は、夜が明けると途端にしぼんで、レース飾りとともに小さく丸まって、夜の花とは似ても似つかない白いタンコブみたいになってしまうのです。本当に、夏の一夜の夢の花です。
この花を見るとよく思うのです——どうして世の中には、ありふれた場所にこんなに美しいものが、ほとんど誰の目にもとまらないようにあるんだろうって。あたしはこの花をたまたま見られるけど、夜は寝ているタマ吉もお父さんもお母さんも、一生見ないままかもしれません。でも世の中にはあたしが一生見ることがない、いろいろなきれいなものがあるんだろうなあ、とも思います。それを見られないのは悲しいことなのかな？　見たことがないものがまだまだあるんだ、と思ってあたしは死ぬのかな、なんて考えてしまいます。

尾根の道路から曲がって神社に行く砂利道に入ったところで、急に眼の前に小さな獣が出てきました。曲がり角にある街灯の光で、タヌキの子供だと分かりました。道の脇の藪の中から出てきたようでした。ぎょったしたように立ち止まり、あたしの顔を見ています。本当に小さい子供で、目の周りにはタヌキ特有の黒い縁取りがそれほどはっきり出ていないのですが、鼻が太く長く突き出ていて形は立派なタヌキ顔です。胴体はずんどうで黒いバンドもまだ薄く、細い短い脚で立っていました。あたしも驚きましたが、その子は本当におびえて身動きができないようでした。あたしはじっとしていました。向こうもじっとあたしの顔を見ています。なんだか、「あのう、ぼくどうしたらいいんですか」と言っているような感じでした。

その時、道の先の方で、キッキッという声が短く聞こえました。街灯の光が届かない所ですが、猫のあたしには、何匹かの獣が固まってこちらを見ているのが分かりました。その声を聞くと子ダヌキは我に返ったように、さっと向きを変えて、声の方に駆けていきました。駆けると言っても歩幅が小さいから、トコトコとのんきなものです。あたしが後ろから跳びかかれば、すぐに捕まえられそうでしたが、もちろんそんなことをする気はありませんでした。待っていた皆がもさもさと集まっているのがぼんやりと見えました。それから、皆で神社の方へ進んでいきました。

あたしも少し間を置いて歩き出しました。神社の前にはまた街灯があって、石段を白々と照らしていました。境内へ上がっていくと、周囲にあるソーラーパネルの庭園灯でわりに明るくなっていました。思ったとおり、タヌキの親子がもう果物を食べていました。お母さんだかお父さんだか分からないけれど、親ダヌキが三方の載った台の上にいて、境内に入って来たあたしを見て、一瞬身を固くしましたが、あたしは知らんふりをしてベンチの下に行きました。

地面にはもう一匹の大人のタヌキとさっき会った子ダヌキと同じような子供が三匹いました。どれが私が会った子ダヌキなのか分かりませんでしたが、子供たちは親ダヌキが三方から取って投げたらしいバナナを皮ごとクチャクチャとわき目もふらずに食べていました。三方の果物と野菜は、この家族が来る前にすでに他のタヌキとかハクビシンとかに食い散らかされていたようですが、まだ随分残っています。台の上のタヌキは半分ぐらいかじられていた林檎を下に投げると、下の大人タヌキが駆け寄ってゴリゴリと食べ始めました。台の上のタヌキはさらに野菜の三方から大きなさつま芋とオクラを二、三個下に投げ、自分も跳び下りて、一緒に食べ出しました。クチャクチャ、ゴリゴリ、境内中に響き渡っています。

しばらくすると、大人の一匹がゴロンと横になりました。それを見た時、ああ、あれがお母さんダヌキだな、と分かりました。その太り具合、のんびりしたポーズ、子ダヌキが寄ってくる様子で、あたしにはすぐに分かりました。あたしにはお母さんの記憶が全くないのですが（人間のお母さんはいますけど）、不思議なことに、お母さんはああいうものなんだ、と分かるんです。お父さんダヌキは、立ったままでした。森で自由に生きている家族は、ああなんだなあ、と改めて思いました。

その時、子ダヌキが食い散らかしてあたしの方へ飛ばしたバナナの皮の切れっぱしの横で、何か小さなものが動いているのに気がつきました。ベンチの下からちょっと首を伸ばして見てみると、野ネズミだと分かりました。お得意のポーズで、両手でバナナの皮をつかんで、尖った歯でひっかくように食べています。あら――、あんたまでお祭りのご馳走になってるのねえ、とおかしくなってしまいました。

でもその時、子ダヌキが一匹、野ネズミに気づいて近寄ってきました。しげしげと野ネズミを見て、それからそっと足を伸ばしてきました。あたしは、タヌキは野菜や果物を食べるけど、野ネズミも食べるんだ、と思い出しました（そうよ、バナナなんかお祭りの時だけ。普段は木の実や野ネズミやトカゲを食べている連中じゃないの)。その瞬間、あたしは我知らず、子ダヌキに目をむいて、ハッ、ハッ、ハッとタマ吉そっくりの声を出していました。そんな脅しの声を出したのは本当に生まれて初めてで、自分がそんな声を出せるなんてことも知りませんでした。子ダヌキはビクッとして立ち止まりました。離れた所からお父さんダヌキがこっちを見ています。あたしは、負けるものかと思って、さらに大きくハッ、ハッ、ハッと言いました。何だか自然に唸り声が出てきそうな気がしました。子ダヌキは出した足をあわてて引っ込めて、くるりと向きを変えてお父さんダヌキの方へ駆けていきました。お父さんダヌキはあたしの方を見たままで身構えました。あたしはベンチの下から跳び出し、野ネズミを捕まえて口にくわえ、そのままありったけのスピードで石段を駆け下りました。

砂利道に下りて、石段を見上げると、誰も追ってきません。

「ああ、よかった、よかった、もう大丈夫だよ」

と心の中で野ネズミに話しながら、さっき来た尾根の道を速足でおうちへ向かいました。途中で、反対方向から来る車のライトで目がくらんで動けなくなりそうになりましたが、野ネズミを落とさないようにしっかりくわえて、目を下に向けて歩き続けました。

「がまん、がまん。もうすぐおうちだ」

と、知らず知らずに自分に言い聞かせていました。おうちの猫フラップから中に跳び込んだ瞬間に、ほっとして、

「アウ、アウ、アウ」

という声が出てきてしまいました。それから、突然、何であたしはこの野ネズミをおうちまで連れてきてしまったのだろう、と思いました。途中の藪にでも放せたのに、どうしてもおうちに持って帰ってお母さんとお父さんに見せなくちゃあ、と思ってしまう、不思議だなあ、と思いました。

でもお父さんもお母さんも全然起きてきません。お母さんは、

「う――ん、分かった、分かった」

と寝ぼけた声で言って、すぐにまた眠ってしまいました。お父さんは声すら立てないで眠っています。タマ吉だけがあたしの前に現れました。

「タマ吉、あたし大変だったんだよ」

と彼の顔を見つめました。タマ吉がじろじろ野ネズミを見ているので、あたしはついにそれを床の上に下ろしました。すると野ネズミは全く動かず、だらーーんと床に伸びています。足でさわってひっくり返すと、そのまま白い腹を見せて伸びています。あれっ、死んでるのかなとびっくりして、野ネズミの頭をトントン叩きましたが、全く動きません。あんまりきつくくわえてきたので、きっと首の骨かなんかをつぶしてしまったのだろうと思いあたりました。

せっかく助け出したのにと、急に気が抜けてしまいましたが、次の瞬間、お母さんが怖い顔で言っていたことを思い出しました――「自分で食べる気がないのに、捕まえてくるんじゃないよ」。あたしが以前よく、子蛇をくわえて帰ってきてブルンブルン振って遊んだり、野ネズミをくわえてきて居間で頭を叩いて走り回らせて遊んだりするのを怒ったのです。小町姉さんは捕まえた鳥は固い脚までコリコリとすっかり食べるので、お母さんは許していました。

どうしよう、それじゃあ食べようかな、と決めて、生暖かいお腹にがぶりと噛みつきました。これがあたしのお祭りのご馳走なのかしらと思って食べているうちに、神社に行く道で見たカラスウリの夢のような白い花が心に浮かびました。あれももうすぐ白い小さなタンコブになってしまうと思いました。何だか、いろんなことがつらくて、悲しくて、何でこんなことになってしまったんだろうと思いながら、食べたくもないのにむしゃむしゃ食べ続けました。ふっと目を上げると、タマ吉が前と同じ所に立ったまま、あたしを見ていました。目が合うと、ゆっくり大きくまばたきをしてくれました。

第四章

その一　小町

茨城家の庭先から海の方角に下っている斜面は、二十数年前に樹木が伐採されて今では斜面の一番高い所に何本か高い木が残っているだけで、あとは草地になっています。でも実は、伐採の数年後、この斜面は山火事になったそうです。裁判で開発を止められたため、所有者は何もできずにほっぽらかしておいたら、そこは人の背の高さぐらいの小竹の茂る斜面になっていたそうですが、春一番が吹いた日、かさかさに乾いた小竹むらの中から火が出て広がったのだそうです。

奥様は窓際で昼寝をしていたら、パチパチという枝の折れるような音がするので、

「ああ、風で庭木の枝が折れているんだ、いやだなあ」

と思って窓の外を見たら、もう庭の先は斜面の小竹むらから燃え上がる炎以外は何も見えなかったそうです。パチパチというのは、竹の燃えてはじける音だったのです。消防署に電話したら、すでに通知が入っていて、消防車は出たとのこと。何やかやで、火は消し止められ、茨城家は斜面に近い庭木が少し焼けて、火の粉が屋根と戸袋を焦がしただけの被害で済んだそうです。


でも斜面の下方の住宅地から見たら、茨城家の家は炎の壁の後ろに完全に隠れて、皆さんはこのおうちは焼けてしまったと思ったそうです。その時、開発に反対して奥様と裁判所に月一回通った住宅地のお仲間の中には、開発させて建物が立っていたら山火事なんか起らなかっただろうに、ととても悔やんでいた方もいたそうです。奥様は二階の窓から消防士の活躍を見て、うまいものだなあと感心していて、自分の家が燃えるなんて思いもしなかったそうですが、後でご近所の方々がそんな思いをしていたことを知って、ぞっとしたそうで

す。その火事の事は「朝日新聞」という大新聞に小さいながら写真入りで載ったそうで、奥様はいまでもその記事を小さな透明の袋に入れて、なぜか金庫に保管しておられることを、わたしは知っております。

この火事の後、斜面の所有者は消防署から厳しい指導を受けて、定期的に小竹でも藪でも刈り取って、このような山火事が起こらないようにしなければならなくなりました。定期的な草刈のおかげで、斜面はばさばさした小竹むらの代わりに、低い草だけの草地になって、たとえそこに火がついても地面を這っていくだけだろうというものになりました。もっともそれ以後、火事なんて一度も起こらず、いつも青々とした草の葉が海からの風に揺れています。でも、この、何も建てられない広い土地を所有して維持して税金を払っていくのはたいへんお金が掛かる馬鹿らしいことになってしまって、何回も所有者が変わっているそうです。ひとたび自然に手を入れて人間に都合のいいように維持するのは、とても面倒なことだということです。

タマ吉は裏山の枯葉の中を走り回るのが大好きなのですが、わたしはこの海側の日当たりのいい草地をのんびりと歩いて、草に埋まって昼寝をするのが好きです。夏の終わりから草地はねこじゃらしでいっぱいになります。ある日奥様が旦那様に、

「ねえ、今気がついたんだけど、この絵、小町にそっくりじゃない」

とカレンダーの絵を指しておっしゃいました。それは、奥様がわたしたちの小説を書いた時に、その表紙と挿絵を描いてくださった画家が作った「ねこはい」と題するカレンダーで、猫が詠んだ俳句にその情景の絵を組み合わせたしゃれたものでした。その九月の俳句は

いちめんの
ねこじゃらしなり
われひとり

というもので、丸顔でシャキーンとつり上がった目の白猫が、ねこじゃらしの原っぱにぽつねんと、でもどこか自己充足した様子で座っている絵でした。

さきの小説でご存知かもしれませんが、わたしは目がつり上がっているので、奥様はわたしを「シャキーン」という名にしようか、なんておっしゃったこともあったのです。最終的には「小町」と名付けられて、その名の通り自他ともに許す美猫となりましたが、目は依然としてシャキーンですから、わたしがねこじゃらしの中に座っていると、この絵の通りだと思います。わたしは長歌を詠みますが、ねこはい族の猫たちは俳句を詠むのです。わたしたち、話が合うのではないかと思います。

「この絵は切り取って、小町のポートレートとして額にいれて取っておかなくちゃあね」

なんて、奥様は有難いことをおっしゃっていました。

そんな一面のねこじゃらしの中で昼寝をしていた時、下の方の道路に車の止まる音がして、目を覚ましました。ライトバンからおじさんが出てきて、ご近所の家のポストに順々に紙を入れています。車を停めた所の前の家からおばさんが出てきて紙を読み、おじさんが車に戻ってくると、話しかけています。

「草刈をするのね。いつもの会社とちがうじゃないの」

「そうなんです。今までは千葉県の方がご所有だったので、業者は千葉から来ていたようですね。今度は辻堂の方が買いまして、地元の私どもに管理を委託されましたので。来週月曜日から、天気がよければ、二日で済ませます」

「前の会社はこんな時期にしなかったわよ。冬のはじめだったかな」

「そうらしいですね。千葉から何度も来るのはたいへんですからね。金谷から朝いちばんのフェリーで来て大々的にやっていたそうですね。うちは地元ですから、人手が空く時に適当にちょくちょくやろう、ということになりましてね。私は責任者の加藤ですが、仕事はうちの若い者がしますんで、そこに書いてありますように、何かありましたら、私にお電話ください」

へえー、このねこじゃらしをすっかり刈ってしまうんだ、とがっかりしました。斜面を下りていって、ねこじゃらしの中から道路に出ていくと、おじさんが気づいて、

「おや、猫ちゃんだ。きれいな白猫だねえ」

とおばさんにともわたしにともつかずに言いました。

「あそこの、上の家の猫よ。よく草の中で寝ているのよ」

「そうかあ、ごめんな。でも草はまたすぐに生えるからね」

おじさんがわたしに言うと、

「何言ってるのよ。しっかり刈らなきゃ駄目じゃないの」

おばさんが笑いながら言いました。わたしも、そうだ、草はすぐに生えるから、まあいいか、でも今年のねこじゃらしはこれで終わりだなあ、と思いながらおうちへ帰りました。


草刈の日はいいお天気でした。朝早くからお兄さんが二人来て刈り始めました。わたしはタマ吉とみなみと、それからこういう時には必ずついてくる隣家のノアと一緒に、斜面とおうちの庭との境界のブロック積の上で見物しました。お兄さんたちはモーターがついた長い金属パイプの先で回転している刃を地面に這わせるようにして、どんどん刈っていきます。ウワーン、ウワーンという音が辺りに響き渡っています。二人の間でも上下関係があるようで、麦わら帽のお兄さんが大声で野球帽のお兄さんに、どこをやれと指図しています。

しばらく見ていて、まあ同じことをしているだけなので、わたしたちはブロック積から下りて、それぞれのことをやりに別れました。ところがお昼過ぎに、お兄さんたちが休憩している時に、遠くからたくさんのカラスの声が聞こえてきました。声はぐんぐん近づいてくるので、またブロック積に見に行くと、タマ吉もみなみも駆け付けたという感じで、さすがカラス好きの茨城家の猫です。たしかに十数羽のカラスが飛んできて、斜面の上の方の伐採されないまま並んでいる高い杉の木に、三々五々止まりました。あれっ、半僧坊のカラスかな、と思ってそっちの方へ首を伸ばして見ていると、一羽のハシボソガラスがスー――ッと滑べるように下りてきて、わたしたちのすぐ背後の、庭で一番高いミズキの枝に止まりました。わたしたちの方に羽をバタバタさせるので、よく見たら、つぶてでした。すっかり大きくなっています。やみよは来ていないようです。立派なカラスがこんなに近くに来たので、タマ吉はすっかり感激してしまって、つぶての方に向きを変えて、首を伸ばして見ています。つぶてはわたしが気がついたことを確かめて、杉の木の仲間の方へ戻っていきました。他のカラスたちは、時々カアー、カアーとかガアー、ガアーとか尾羽をぐいぐい動かして鳴いていますが、つぶては全く鳴かずに、じっと止まって辺りを見ています。あの小さかったつぶてがこんな堂々としたリーダーになったのだと、わたしは感無量でした。草刈のお兄さんたちは、ちらちらとカラスたちの方を見ていましたが、鳴くだけで別に悪さをするわけでもないことが分かって、そのまま休憩していました。

　でもわたしはなぜつぶてが仲間を引き連れて来たのか、不審に思いました。まさか鎌倉山を守る軍団が草刈阻止だと言ってお兄さんたちを攻撃しようというわけでもあるまいし、かと言って草刈見物でもあるまいに、と思いましたが、そのわけはやがて分かりました。カラスたちが鳴くのをやめて一斉に草を刈り取ったところに降りて来たのです。最初に降りて来たのは、たぶんつぶてだったと思います。

　カラスたちは刈り終わって地面に倒れている草の上をぴょんぴょんはねて、ひっきりなしに嘴を突っ込んで重なった草をひっくり返しています。そしてバッタか何かの虫を見つけてくわえたり、あるいは倒れたねこじゃらしの茎を足で押さえて穂を引きちぎったりして食べ始めました。お兄さんたちは最初はあっけにとられていましたが、すぐに顔を見合わせて何か言って笑っていました。わたしも、なあーんだ、草刈の後はいい食べ物があるんで、大挙して来たんだ、と納得しました。頭のいいカラス族のことだから、草刈のウワーン、ウワーンという大きな音が聞こえると、それが何を意味するかが分かるのでしょう。確かに、ねこじゃらしが地上に立ったままでは食べにくいし、草むらの中ではバッタやトカゲも簡単に捕まえられないでしょうから。でも、虫どころか、もっといい獲物がいることが分かりました。

草刈で地むぐりの巣が荒らされて、地上に出てきたのです。地むぐりというのは茨城家の庭でも見かける小型の蛇で、普段は地下の巣穴にむぐりこんでおとなしくしているらしいのでほとんど見ないのですが、植木屋が草刈をしたり、ドクダミの根っこをひっぱったりするとあわてて地上に出てきてしまうのです。卵をたくさん産むらしく、植木屋が来た後は、よく子蛇が二、三匹パティオや石段をうろうろして地面に帰れないでいます。みなみはそれをくわえて振り回して遊んでいます。明らかに、この斜面にも地むぐりの巣がたくさんあったらしくて、何羽かのカラスがしばらくするうちに子蛇をくわえて、杉の木へ戻っていきました。なぜ木の枝に戻ったかというと、くわえた子蛇を、バシッ、バシッと（音は聞こえませんが）枝に打ちつけてだらーんとさせてから、落ち着いて食べるのです。いくら子蛇と言っても、カラスにとっては大きな食べ物なので、喉に蓄えてから食べるらしくて、顔がふくらんでいます。木の枝に止まっているカラスは皆、丸顔になっているので、わたしはおかしくてたまりませんでした。

　わたしだけでなく、タマ吉もみなみも夢中でカラスたちの活躍ぶりを見ていました。昼休みを終えたお兄さんたちがまた草刈を始めても、カラスたちは全く気にしないで、食べ続けています。やがて腹いっぱいになったようで、また一斉に飛び立ち、お腹が張ったからか、今度はややものうげなゆっくりした鳴き声を上げて、北鎌倉の方へ飛んでいきました。きっとまたつぶてが先導しているのでしょう。

　カラスたちがいなくなると、みなみは待ち構えていたようにブロック積からぱっと草地に跳び下り、黒白の丸い体がまるでサッカーボールが転げていくように、刈り終わったところへ走って行きました。そして頭を下げて、倒れた草を両方の前足でひっかくようにして、かき分け、かき分けして進んで行きます。ははーーーん、地むぐりの子を探しているんだな、と思い当りました。時々バッタか何かを偶然見つけてくわえましたが、すぐに捨てて進んで行き、ずいぶん時間をかけて探していました。そしてついにすっくと身を起こし、顔を上げました。口には子蛇が勢いよくくねくねと動いていました。

ブロック積には跳び上がれないので、斜面の下へ回って道路の方から速足でこちらに戻ってきます。いつの間にか、ノアがまた出て来ていて、みなみはノアの前で、自慢するように子蛇をブルン、ブルンと振り回しました。ノアはちょっと身を反らし、その様子を見ています。ときどき斜面の下にある公園で近所の女の子が二人、「バトン何とか」という、小さな棒をクルクル回したり投げ上げたりする練習をしていますが、それみたいな感じです。左右にブルン、ブルン、斜め上にブルン、ブルン、みなみの得意そうな顔ったらありません。

ひとしきりみなみはノアの前で子蛇を振り回し、それから地面に置いて、ノアと二人で押さえつけたり、ひっぱったりして遊んでいました。やがて子蛇はぼろぼろの靴紐のように細くなり、庭の隅に置き去りにされていました。

翌朝、日の出とともにうるさいほどの雀の声に目を覚ましました。庭に出て斜面を見てみると、草刈が終わった部分を覆ってしまうほどたくさんの雀が来ていて、倒れたねこじゃらしの房の種をついばんでいます。鎌倉山の雀が全部集合したような感じです。食べてはチュンチュン、ぴょんぴょん跳ねてはチュンチュン、また食べてはチュンチュン、それをこの小さいのが思い思いにやっているのですから、目が回りそうです。そしてしばらくすると、一羽が飛び立ち、それに続いて他の雀が一斉に飛び立ちます。バサァァァーッという大風が起こって、皆が斜面の上に並んでいる杉の木に移りました。小鳥の群って、一体どうして飛び立つのか分からないことがよくあります。ただ理由もなく飛び立つのです。それに比べると、カラスやキジバトは、ちゃんとした理由——人が近寄りすぎているとか、十分に食べたとか——があるのが分かります。杉の木に移った雀たちは、またしばらくすると一斉に斜面に降りてきて、ねこじゃらしの種をついばみ、またしばらくすると一斉に杉の木に飛んでいき、ということを繰り返していました。でもとにかく、彼らは大満足しているようでした。

草刈のお兄さんたちが二日目の仕事にやってくると、雀たちは今度は完全にどこかへ飛んでいってしまいました。でも日が高くなると、今度は雀よりも大きな鳥が、小さな群を作ってやってきました。ムクドリやヒヨドリやオナガや、私が名前を知らない鳥たちは、ウワーン、ウワーンという草刈機の音なんかものともせずに、昨日刈られた場所の草の種や虫を夢中で食べています。まるでコジュケイのように、左右の足を交互に踏んで我が物顔に歩いている鳥もいます。食べ終わった群はどこかに飛び去り、違う群がやってきて、という具合に斜面には一日中いろいろな鳥の群がきていました。北鎌倉のカラスもまた来て、昆虫や地むぐりを食べていました。地むぐりを食べる鳥は、さすがにカラスだけのようでした。

そんなわけで、夏の終わりに草刈をしたおかげで、ねこじゃらしや他の青草がすっかり倒されてしまいましたが、倒れた草の種や出て来た虫や蛇は鳥たちの大御馳走になったのです（虫や蛇にはお気の毒でしたが）。この大御馳走は数日続き、お天気がいい日には雀はもとより、他の鳥の群が、もう何の鳥かいちいち考えるのも面倒なくらいやってきました。こうたくさんいると、鳥を捕獲しようなんて気にもなりませんでした。みなみが振り回して、ほっぽらかした地むぐりの子には、いつものことですが、ダンゴムシがびっしりついて、これもダンゴムシ族にとっては思いがけない大御馳走となったと思います。わたしのここちよい昼寝の場所はなくなりましたが、加藤さんが言っていたように、草はまたすぐに生えるからいいわ、と思っています。

その二　タマ吉

おいら、ときどき考えるんだ。自然の中で自由に生きているカラスやタヌキとおいらみたいに人間に飼われて人間の父ちゃんや母ちゃんに育ててもらっているのと、どっちがいいかなあってね。斜面の草刈の後であんなにたくさんの鳥が毎日来て草の実や虫やなんかを食べているのを見ると、自然の中で生きていくのって、行き当たりばったりで、食べ物がどっさりあることも、あんまりないこともある生活なんだなあ、とつくづく思った。

おいらは、母ちゃんの小説にも書いてあるように、子猫の時は縦浜国立大学の境内、じゃなくってキャンパスの野良猫だった。事務の人や「捨て猫愛護サークル」の学生さんたちがご飯をくれたけど、もらえない時もたくさんあったから、学生さんが捨てた弁当の殻に残ったものとか地面に落ちたおにぎりのかけらなんかを、他の猫に取られないようにとにかく猛スピードで食べたものだった。次に何か食べられるのはいつなのか分からないんだからね。一人で生きていくってそういうことなんだ。もっともある事務局の人たちが助けてくれて、その事務室の奥で秘密に飼われて、それから茨城家にもらわれた（この間の事情は母ちゃんが前に書いた小説に詳しい）。でも茨城家の猫になって母ちゃんがちゃんと毎日たっぷりご飯をくれるようになったのに、食べるとなると昔のように猛スピードで食べてしまう。いいおうちからもらわれてきた小町姉ちゃんや赤ん坊の時に拾われたみなみなんかには、食べ物に対するおいらのこの焦りっていうか、不安は分からないと思う。

鎌倉山のおうちに住むようになって、鳥や獣を見ていると、人間の世話にならないで自然の中に住むのは確かに行き当たりばったりで食べ物がたくさんあったりあんまりなかったりするけど、それほどつらいことではないんじゃないかと思うようになっている。なぜかっていうと、奴らは産んで育ててくれる母親が必ずいるし、たいていは父親も一緒にいるってことが分かったからだ。縦国のキャンパスで一人で野良の生活をしていくのとは大違いだ。

カラスの母親は本当に我慢強くてやさしいよ。草地とおうちの庭との境界にある高い杉の木にはよくカラスが巣をかけるのだけれど、春の終わりの大雨大風で高い所にある巣はまるでぶらんこみたいに揺れる。それでも母カラスは羽をしっかり広げて巣を覆って動かない。きっとぐしょぬれで寒くて、腹ペコなんだろうけど、二日間じっと座っていたこともあった。こういう時父親は何をしているんだ、と腹が立つよ。雨があがると、どこからかまた飛んできて、餌を運んでいる。

夏になると、親鳥といっしょに飛べるようになって地上に下りて来たカラスの子たちを見ることがあるけど、母鳥がいつもやさしく面倒をみている。大風の後に青いままで地面に落ちたマユミの実やうれた犬枇杷なんかを親鳥はひょいひょい口に入れて食べるけど、子鳥はそれができない。母鳥は自分の口に実を後から後から押し込んで、喉にため込む。それを子鳥が、母鳥の口から一つずつ口移しにもらっている。この頃の子鳥は、口の中が赤いんだよ。真っ黒な体で口の中だけが真っ赤、ハッとするよ。まるで違う種類の鳥みたいなんだ。不思議だねえ——母親によく見えるようにってわけなのかなあ。その赤い口を大きく開けて、木の実を一つずつ入れてもらっているんだ。犬枇杷みたいに大きい実は割って小さくしてもらっている。鎌倉山の初夏は、喉がふくらんだ丸顔の母カラスと、赤い口の子カラスさ。父親らしいカラスもそばにいるんだけど、ちっとも子カラスの世話をしないで、ひとりで黙々と、逆三角の顔で食べている。母カラスは寄って来る二、三羽の子カラスの赤い口に、ポイ、ポイと大忙しで木の実をいれてやっているのにね。でも、父親がいつも母カラスと子カラスと一緒にいるってことは、自分たちは家族なんだとしっかり思っているからなんだろう。ところでおいらの母ちゃんも犬枇杷が大好きで、いつか近所の人に酸っぱいからジャムにするといいとボウルに一杯もらったんだけど、それを全部そのまま食べちゃった。あれには呆れたなあ、カラスみたいな人間だよ。

しばらく日が経つと、子カラスは母鳥の口に嘴を突っ込んで、口の中の実を自分でくわえるようになる。母鳥は我慢強く口を半開きにして、子鳥が実をうまくつまめるようにしてやっている。一体いつごろから子カラスが自分で木の実やなんかを取って食べられるようになるのか、よく分からないんだけど、いつの間にか大人のカラス二羽とちょっと小ぶりのカラス二、三羽が、一緒に飛んできて、木に止まったり、道に落ちた実をそれぞれ自分で食べたりするのを見るようになる。ああ、赤いお口の時代は終わったんだな、と思って小さいカラスたちを見るんだ。

鳥の家族でもう一つ目につくのはカモだね。うさぎ山のふもとの沼の水が御所川という立派な名前の小川になるんだけど、そのだいたい決まった所に春によく二羽のカルガモがいた。いつも二羽でくっついているから夫婦なんだと思った。以前、母ちゃんが、マガモの雄は繁殖期になるときれいな緑の頭で白い首輪がある姿に変身するって言っていた。雌の気を引くために、すごいことをするカモがいるんだなあ、とびっくりしたことを覚えている。でもこのカルガモたちは二羽とも茶色だった。くっついて流れの短い区間を下ったり上ったりして泳ぎながら水に頭を突っ込んでいる。首を上げると時々頬と喉をもぐもぐさせている。水草を食べているのか、虫か何かを捕まえたのか、さっぱり分からない。見られているのを意識して、ただ格好つけてもぐもぐしているんじゃあないかと思うこともあった。おいらが水際まで行っても、絶対に水の中には入ってこないと分かっているので、平気で悠々と行ったり来たりして泳いでいる。時々、流れの途中に出ている平らな石の上に跳びのって、まるでおいらに全身を見せつけるように横向きになって羽をぱたぱたさせると、羽の下にびっくりするように鮮やかな青い羽根が一列見えるんだ。胸ポケットのハンカチみたいで、「おれのお洒落どんなもんだい」と、見せびらかしているようだ。

その二羽が、初夏の頃に、ぱたりと見えなくなった。おいらは心配になって、何度もその辺りに行って、歩き回ったのだけど、消えてしまった。二羽いっしょにいなくなるのは、暑い夏が嫌いで涼しい所に渡っていってしまったのかなあとか、巣の中で卵を温めているのかなあとか、いろんなことを考えたけど、おいらなんかに分かるはずがない。カルガモは渡り鳥なのかどうかも知らないし、どういう所に巣を作って、いつ卵を産むのかも知らない。

ところが夏が終わったと思う頃、またカルガモに出会った。今度は三羽だった。そのうちの二羽が以前と同じカモと断言できるわけじゃあないけど、二羽は同じくらいの大きさと形で、ただ、羽根の色が全体的に濃いめの茶色の濃淡だった。カモの羽の色は変わるんだから、同じ夫婦カモなのかもしれない。もう一羽は、色合いは同じだけどちょっと小さめのカモだった。場所は御所川から道路をへだてたちっぽけな水たまりで、三羽とも仲良く葦《あし》やガマが生えている間をぐるぐる泳ぎ回って、また例によって水に頭をつっこんでは、首を上げると頬と喉をもぐもぐやっていた。家族っていう感じだった。とにかく、おいらはまたカモたちに会えてうれしかった。

秋が深まると、おいらとしては裏山の枯葉の中を走り回るのにいろいろ忙しくて、カモ見物にそれほどしょっちゅう行かれなかったので、つぎにカモを見たのは、冬のはじめだった。

場所はうさぎ山の、御所川とは反対側の山懐みたいなところに鎌倉市が作った池だった。その辺りも御所川の水源の沼と同じようにじめじめしていて、ちょっと高い所にある山道しか歩けなかったんだけど、一年ぐらい前に、市が沼の水を集めるような感じで丸い池を作って、池以外の沼の上には木道ってやつを作ったので歩いて行けるようになったんだ。実はその工事中に、土掘りの機械（造成地でカトーさんが乗っていたようなのだろう）が沼の泥にはまって動けなくなっていたところに、うちの父ちゃんがランニングで来合わせたそうだ。母ちゃんは散歩する人なんだけど、父ちゃんは気が短いからランニングなんだ。父ちゃんは沼まで下りていって、工事の人に手を貸してその機械を泥沼から押し出した。工事の人はその時一人だったので困り果てていたんだが、父ちゃんのおかげで脱出できたそうだ。父ちゃんって、自慢じゃないけど、案外力持ちなんだよ。そんなわけで、何かというと父ちゃんは、「僕が手伝ってやった池」っていう。うさぎ山の下の薄暗い林の中を行くと、突然明るく開けて、目の前にまるで魔法みたいにその丸い池があるんだ。確かに人工的に作ったんだから、魔法みたいなものだけどね。その出来立ての池の横を通りかかったら、四羽のカモが泳いでいたんだ。

　三羽は濃い茶色のカモだったけど、もう一羽、ものすごくきれいなカモがいた。緑色の頭で、白い首輪で黄色い嘴、体は茶色の胸に白い腹、背中には黒い太い線が入ったような派手な恰好だ。ああ、あれが、いつか母ちゃんが言っていた雄のマガモだ、とすぐに分かった。普段は茶色の地味な姿なのに、雌の気を引く頃になるとこんな派手な変身をするなんて、こりゃあ、半夏生どころの変身ではないよ。恥も外聞もないんだなあ、盛りのついた猫の鳴き声なんて、こうなると謙虚なものだ。

その派手な恰好のマガモが茶色のカモたちと家族なのかどうか分からないけど、池が出来てからやっと生え始めて水上に顔を出した水草の間を、我が物顔でスイスイと泳いでいた。皆同じように、時々頭を潜らせては、顔を出すと、例によってもぐもぐと頬と喉を動かしている。小さい一羽が岸近くまで来たので、つい癖で、ハッ、ハッという威嚇の声を出してしまった。でも全然こわがらずにおいらの顔を見ている。すると大きい茶色のカモがスーッと寄ってきて、小さい奴をそっと池の真中の方へ押すようにした。何もかもが悠長だ。「猫なんかほおっておいてこっちにおいで」と言っているようだった。小さいカモが戻っていくと、きれいな雄ガモもスーッと寄ってきて、皆で池の真中の方へ動いていった。その姿はやっぱり家族なんだろうな、と思わせる。ちぇっ、まるでお前らのおうちみたいにしやがって……この池はおいらの父ちゃんが手伝って出来たんだぞ、有難く思えよ、と思いながら見送った。

つまりは自然の中で生きていくのは家族がいればつらいことないんだ。つらいのは、子猫がたくさん生まれたからとか何とか言って、親猫から放されて子猫だけ捨てられることだよ。おいらだって、生みの親がいたら、おっぱいやご飯ももらえただろうし、きっとやさしくしてもらえただろう。茨城家の母ちゃんはたっぷりご飯をくれるし、寒い冬の夜はベッドにもぐりこめば、追い出したりしないから、おいら、捨てられたけど、その後は本当にラッキーなんだと分かっている。でも、時々思うんだ。おいらの本当の母ちゃんってどんな猫だったんだろうってね。昔、大村さんの奥さんが母ちゃんに、おいらの本当の母ちゃんか父ちゃんは、アビシニアンという種類の猫の血が入っていたはずだと言っていた。だから、おいらは日本猫の小町姉ちゃんやみなみと違って、顔が小さく尖っていて、耳が長くて、足が長いんだそうだ。大村さんの奥さんは、「ちょっと貴族的な感じ」だなんて言っていた。そうなんだよ、おいら、アビシニアンの血をひく高貴の出なんだけど、事情があって縦国の森の中に捨てられて、いくらご飯をがつがつ食べたって、血の気高さはおのずと容姿に現れているんじゃないかと思っている。

本当の母ちゃんや父ちゃんが分からなくても、自分の中に見たこともない祖先の特徴がはっきりと受け継がれているってことが、本当に不思議な気がする。むかーしむかーしの祖先がおいらの体にちゃんと生きているってことは、ブルッと震えるような感動だ。だからおいら、今は「おでかけ猫」だけど、いつか長靴をはいた「旅猫」になって、アビシニアに行くんだ。おいらみたいな尖った顔の猫がたくさんいるんだろうな。まずはボスポラス海峡を渡らなくちゃあと思っている。こういうおいらの気持ちって誰も分かってくれない。

その三　みなみ

斜面の草刈があってしばらくの間は、鳥がたくさん来てにぎやかで、あたしも地むぐりの子やバッタを捕まえたりして、胸躍る毎日でした。それからさらに何日か経って、鳥もあんまり来なくなった時に、斜面の下の道路に乗用車が止まり、男の人が二人降りてきました。二人はそのまま道路に立って、斜面を見上げながら、何か話しているようです。車が停まった前の家のおばさんが出てきて、大きな声で、

「あら、加藤さん。見回りですか。きれいに草刈してくれましたよ」

と作業服のおじさんに話しかけています。加藤さんは、

「ああ、どうも、どうも。いや、社長と近くに来たもので、ちょっと寄ってみたんですよ。傾斜がきつくって、草刈は大変だったと若い者が言っていましたけど、きれいに刈ってありますね」

と愛想よく、同じような大声でおばさんに応えていました。一緒にいるちょっと年取った背広の人が、草刈をやった会社の社長のようです。ちょうどあたしのお母さんも庭にいたらしくて、下の道路に下りてきました。

「こんにちは」

と、笑いかけながら言ってから、驚いたように背広の人の顔を見て、

「あら、宅地造成の会社の社長さんじゃありませんか？　いつか集会所で擁

壁の説明をなさっていた……」

と言いました。言いながら、何だか声の調子が緊張してきたような気がしました。

「ああ、そうです。あの時、お会いしましたね。あっちの工事はちょっと進んでいないんですが、こちらの仕事もやらしてもらっています」

お母さんは黙って、ただうなずきました。お母さんにくっついてやってきた小町姉さんが、お母さんの足元から社長さんを見上げていました。

「そういえば、あの説明会の後に神社の石段で大怪我なさったそうですね」

とお母さんが言いました。

「いや、お恥ずかしいことで」

「もうよろしいようですね」

「ええ、お蔭さまで。まあ、何とか見回りなんかは普通にできるようになりました。とんだ災難でした」

と社長さんが言うと、さっき大声で加藤さんと話していたおばさんが、黙って、うん、うんというように大きくうなずいて社長さんを見ていました。

それから社長さんは、その話はお終いというように、視線を移して小町姉さんに目を止めました。最初ちらっと見て、それからまた見て、驚いたように眉根を寄せて難しい顔つきで小町姉さんをじろじろ見ました。加藤さんが社長の様子に気づいて、お母さんに言いました。

「ああ、この猫ちゃん、お宅のなんですよね。この草地でよく昼寝をするんだって、聞きましたよ」

「そう、うちの猫ですよ。そこの黒白もうちのですよ」(あたしのことです)

「二匹ですかあ」

「ううん、もう一匹、茶色いのもいるのよ」

「三匹ですかあ。猫好きなんですねえ。うちにも一匹、キジトラがいます」

雉虎? 雉の頭で、虎の胴体? まさかねえ、ちょっと想像できない。どうやって飛ぶのよ。雉みたいな、虎みたいな猫なんて、笑っちゃう。

お母さんと加藤さんはいやに気が合ったようでしたが、すぐに、脇にいた社長さんの方に遠慮してか、彼の顔を見ました。社長さんは、加藤さんとお母さんの話が全く聞こえていなかったかのように、不思議そうに小町姉さんの顔を

見続けています。それからぼけっとした声で、

「えーと、この白猫は……」

と言いました。お母さんがすぐに、

「ええ、うちの猫。あっちのもね」

と答えました。でも社長さんはちっともあたしの方は見ないで、小町姉さんの方ばかりを見ています。それから、何だかぎょっとしたように顔をあげて、今度はお母さんの顔を、気味悪そうにちょっと首をちぢめて、じっと見つめました。一瞬、皆しんとしてしまいました。

「どうかしましたか?」

とお母さんがぐっと顔を近づけて社長さんの顔をのぞきこむように言いました。すると社長さんはぎくっと身を引いて、

「いえ、いえ、何も……。奥さんはこの白猫を飼っ、て、いるんですよね」

と、訳の分からないことを言いました。見かねたように加藤さんが、

「そうですよ。わたしが草刈の前に来た時もいましたよ。あすこの、草地の真上のお宅です」

と言って、それから話を切り上げようとするように、

「草刈に限らず、何か問題がありましたら、いつでもご連絡ください」

と言いました。お母さんは、軽く挨拶して、おうちへ帰り始めました。小町姉さんも一緒にくるりと向きを変えて、お母さんの後について行きました。ところが社長さんは全く納得していないようで、そこに立ったまま、歩いていくお母さんと、それから小町姉さんの後姿を見つめていました。

加藤さんに促されて、社長さんも車の方へ歩き始めましたが、すぐに立ち止まって振り返り、

「あの白猫は奥さんに似ているね」

なんて、また変なことを言っています。加藤さんは、ちょっとおかしそうに、

「よく、飼い犬は主人に似るって言いますけど、猫もそうですかね」

と言って、振り返ってお母さんたちを見ました。

「いや、似てるっていうのはね、あの猫の目だよ。人間みたいだね」

「ええっ、猫の目は、何というか、左右に閉まるから縦長だけど、人間の目は丸で、上から下に閉まる……、ああ猫もまぶたは上から下に閉まるか……で

も、似ていますかねえ」

加藤さんはぶつぶつ言っています。

「いや、目つきだよ。あの猫は人間みたいな目力《めぢから》がある……」

と、社長さんはまだぼおっとした声で言いました。小町姉さんのことばかり言っていて、まだすぐ近くにいるあたしのことには目もくれません。そして、いかにも「分からないなあ」という顔つきで、一人で首をかしげていました。


その日の午後、お父さんが帰宅して、食卓の上に置いてあった物を見て、お母さんに言っていました。

「これ、ハチの巣じゃないか。レモン色で、きれいだねえ。蝋細工みたいだ。本物なの？」

と眼の前にかざして、しげしげと見ています。お母さんが来て言いました。

「本物よ。今まで気がつかなかったんだけど、庭の柊《ひいらぎ》の茂みの奥に、ボールか何かが引っかかっているように見えたので、近づいて見たら、これよ、ハチの巣だったのよ。でも、空っぽだった」

「本当に蜂はいなかったの」

「全然いないように見えたけど、念のために、レインコートを着て、白いタオルで頬かぶりして、白いゴム手袋をして取ったけど、空っぽだった」

とお母さんは思い出し笑いをしながら答えました。以前、植木屋さんが、スズメバチは黒っぽいものが近づくと攻撃的になるけど、白いものにはあまり頓着しない、と言っていたのをあたしも覚えています。

「でも、きれいでしょう？　まさに柊の花の色なのよ」

「そうだっけ。柊の花って、こういう色だっけ」

「正確には、柊ではなくて、柊南天っていう名前らしいけど、植木屋さんはいつも柊って言っているわよ。春先にレモン色の小さな花が長い房になっていくつも垂れるじゃないの。まあ、あなたには花は桜と椿ぐらいしか目につかないようだけど」

とお母さんは言って、さらに、

「でも、不思議ねえ。あの花の蜜をみんなで吸って、黄色い色素のワックスを出して、この大きな巣を作ったのかしら。そんなにたくさんの花が咲いていたとは思えないけど……でも、今は誰もいないのよね……みんな死んじゃったのかしら」

と一人で感嘆していました。

「どうするの？　飾っておくの？」

とお父さんが尋ねました。するとお母さんは変な顔をして、その蜂の巣を見ながら言いました。

「何かさあ、この穴のすべてにしばらく前まで蜂の家族がぎっしり住んで大活躍していて、それがみんな今はいなくなって……」

「がらんどうの集合住宅？」

「そう、捨てられたままの空き家って、何かぞっとするものがある」

「まさか。大げさだなあ」

「そうなのよ。新築の、人が住む前の空き家と、住んでいた家族がいなくなったままの空き家って、全然違うのよね。住んでいた人たちの気配があるのに、その人たちは永遠にいなくなって、生活がなくなったということは、本質的にぞっとする認識なのよ」

とお母さんはこわい顔をして言いました。

「カフカエスクな認識ですか」

とお父さんが茶化すように言いました。

「カフカじゃないわね。むしろ、ムンクエスクよ」

「あっ、これ？」

とお父さんは言って、両手のひらを両方のほっぺたに押し付けるようにしたままで、口を大きく（だから自然に縦長に）開けて体をよじらせました。

「そう、これ」

と言って、お母さんも同じように手のひらをほっぺたに押し付けて口を開けて体をよじらせました。そして次の瞬間、二人は笑い出しました。

「笑うんじゃないでしょう。叫びよ」

とお母さんはまだ笑いながら、それでも、続けました。

「つまりね、この蜂の巣を部屋に飾って、毎日見ている気にはならないってことなのよ」

「大げさだなあ。また新しい蜂が新しい巣を作るじゃないか。いちいちぞっとしていられないよ」

一体お父さんとお母さんは何を話しているのかさっぱり分かりませんでしたが、とにかくお父さんは蜂の巣を飾らないことを了解したようでした。

「後で、草地に投げ込んでおくよ。きっとカラスかなんかがよろこんで食べて、消えちゃうよ」

とお父さんは言いました。すると、お母さんが、

「草地で思い出したけど、昼前に草刈をした会社の社長さんが見回りにきたのよ。ちょうど、庭にいて見えたから、下りていって会ったら、その社長っていうのが、例の宅地造成の会社の社長だったのよ」

「へえー、あの会社、こんな小さなこともするんだね。そう言えば、社長は神社の石段を転げ落ちて、大怪我をしたんだろう?」

「そうよ。でもとにかくちゃんと歩いていたわよ。お陰様で、なんて言っていた」

「白い着物の女が二人ってやつだろう? どうだった?」

「もちろん、そんなことは言っていなかったし、こっちから訊いたりもしな

かったわよ。感じのいい社員と一緒だった。キジトラの猫を飼っているんですって」

「何でそんな話をしたの？」

「社長さんが小町のことを熱心に見るものだから、何となく猫の話になっちゃって。でもね、あの社長、何か変だったわね。話しても、心ここにあらずっていう感じなのよ。擁壁の説明会の時と全然違ったわ」

とお母さんは思い出すように静かに言いました。あたしも、それには同感です。小町姉さんのことばかり気にしていて、それ以外のことは何も考えられないようにぼおっとしていたと思いました。

「例の白い着物の女が二人、顔をのぞき込んだということで、まだ悩んでいるのかね」

とお父さんが何だか愉快そうに言うと、お母さんは、

「うん、そうねえ。思い出すと、こうなっちゃうのかもね」

と言って、また両手のひらをほっぺたに押し付けて、口を大きく開けました。でも今度は二人とも、全く笑わず、黙ってしまいました。

その夜、寛ぎ籠に入って寝ようとした時、お父さんとお母さんが両手のひらをほっぺたに押し付けて口を開けたポーズを思い出して、あたしもやってみようと思いました。でも、どうしてもできませんでした。もちろん後足で立つことはできませんが、籠の中に腹ばいになったままでも、片方の前足の肉球をほっぺたに押し付けると、どうしてももう片方の前足は内側に曲がりません。これはあたしの前脚が片方曲がっているからというわけではありません。どんな猫でも、両足の肉球をほっぺたに押し付けることは絶対にできないと思いました。だから猫は、空っぽの蜂の巣でぞっとしたりすることはないのかもしれません。まあ、それはそれでいいや、と思って、あたしは赤ん坊のときから一緒に寝ているネズミのお人形をもう片方のほっぺたの下にして頭を下ろしました。ちょっとボロになっているチュウちゃんのいつもの感触にほっとして、いつの間にか眠ってしまったようです。

第五章

その一　小町

茨城家から海の方角にちょっと道を下っていくと、ジャーマン・シェパードがいるお宅があります。奥様のさきの小説にも何度か言及されておりますが、よく吠える犬です。近所で聞き慣れない音、たとえば物干しざお屋とか廃品回収屋とか防災無線とかのスピーカーの声、花火の音、木の伐採の音などがすると必ず一緒になって「ウォオーン」と高らかに吠えます。

犬舎は道路に面していない庭にあって、その庭は高いフェンスで囲まれていて、おまけにたいていは犬舎に繋がれているので、普段は道路側に出てこられ

ないのですが、さすが鼻ききのジャーマン、わたしが道路を行くともう遠くから気づいて「ウォオーン」と鳴き、近づくと「ウォン、ウォン」と吠えまくります。わたしには別に彼が脅かそうとしているようには思われず、何だか親しみを持って「歓迎、歓迎」と言っているように感じられます。でも、外へ出られないことは何ともこっけいで、わたしはわざと彼の家の前をゆっくり歩いて、時には、家と家との間から彼がちょっと道路が見える所にすわって脚をなめたりします。そんな時、ジャーマンはもうどうしていいか分からないかのように、「ウォン、ウォン、ウォン、ウォン」吠えまくり、近所のうるさいおばさんに、

「うるさいよ！」

と怒鳴られています。彼は全然気にしないで、「歓迎、歓迎」と言い続けています。

猫はどこにでも自由に行けて、気に入った猫と社交を楽しみ、時にはご近所のお宅に行って、やさしい言葉をかけてもらったり、おいしいものをいただくこともでき、何よりも目についた鳥や野ネズミや蛇を自由に捕まえて食べられるのに、犬は狭い庭に閉じ込められて、まことに気の毒な境遇です。犬族は長

い歴史の中でいつの間にか、人間に食べ物をもらう代わりにこんな境遇になってしまいました。ジャーマンのような立派な風采の犬でも、小さな鳥すら捕獲することができないのではないでしょうか。おまけに、庭の外に出られる唯一の時である散歩中に、何か気になるものを見つけて立ち止まっても、ぐいぐい引っ張られて同じ速度で進行しなければならない犬もいます。こういう飼い主は犬を散歩させているのではなく、自分が散歩しているんです。それにひきかえ、ヤタちゃんのご主人みたいな人は、犬が立ち止まって電柱の匂いを嗅いだり、草むらをごそごそ引っ掻いたりすると、自分も立ち止まって犬に思う存分やらせています。不運にも猫ではなく犬に生まれたら、ああいう人間に飼われたいものです。

以前、奥様が話しておられたのですが、カフカという昔の西洋の作家は、「音楽犬」とか「空中犬」という犬種の話を書いているそうです。これは盲導犬や警察犬のように、人間に奉仕するように訓練された犬族ではなく、自分の力で歌ったり、空中を漂ったりする犬種になった犬族なのです。彼らは人間から餌をもらったりしません。「空中犬」なんか、何の餌も食べないで、「自由」を食べて、のんびりと空中を漂っているらしいです。カフカは「羊猫」というペットのことも書いていて、わたしの最も共感する作家の一人です。彼の洞察に満ちた作品を（奥様と旦那様のお話を聞いて）知るにつけ、わたしは秘かにこの方自身が自分の潜在要素を進化させた人間だったのではないかと思っていましたが、奥様のご本で彼の写真を垣間見て確信しました。あの鋭く、そして悲しみに満ちたやさしさに満ちた目はカラスの目です。カフカという方は、犬族の悲しみが分かっていたのです。ジャーマンの「ウォン、ウォン」を聞くと、わたしはこの飼い犬も「音楽犬」や「空中犬」になれたらどんなに幸せだろうにと思ったりしました。

そのジャーマンについて、思いがけないことを耳にしました。奥様がご近所の大村さんの奥さんに聞いてきたという話を旦那様にしていました。

「あの、大声のジャーマン・シェパードね、死んだんですってよ。ガンだって。そういえば、このごろちっとも鳴き声を聞いていないわよね」

わたしはびっくりして聞き耳を立てました。確かに、思えばこのところ、彼の家の前を通っても、全く吠えられませんでした。そういうことは、彼が散歩に行っていたり、一家で別荘に行っていたりして時々あることだったので、別に不審にも思わずにわたしは忘れていました。そうなんだ、一度も親しく鼻づらを合わせることもなく、死んでしまったんだなあ、と思いました。

「うるさいのがいなくなってせいせいしたって言っている人もいるんですってよ」

と奥様がちょっと眉を上げておっしゃると、旦那様がおっしゃいました。

「あの犬ね、ずっと前にご主人が散歩させているときに話したんだけど、トルコに赴任中に飼いはじめて、帰国する時にどうしても手離せなくて連れて帰ってきたんだって。イスタンブールの、この辺の公園よりずっと広い庭のある家に住んでいて、あの犬はそこを自由に走り回っていたんだって。トルコでは、番犬として吠えることになっていたので、そういう風に育てられた成犬に、日本みたいに吠えないように訓練するのはとても難しくて、第一かわいそうなので、そのままにしているんですって言っていたよ。ご迷惑でしょうが、なんて言うから、いえいえ、へたくそなピアノの練習を聞くよりずっと爽快です、と言ったら笑っていた」

「ふーん、イスタンブールの犬だったんだ。ボスポラス海峡のほとりを散歩していたのね。日本で客死か。死ぬ前に帰りたかったかしら」

「まさか、人間じゃあるまいし。主人がいるところが家だよ」

と旦那様は笑っておられました。

その時にわたしはふっと、ジャーマンとご主人が散歩の途中で、例の宅地造成のために木や藪がすっかり伐採されて、見通しがよくなった所に立って、海の方を見ていた時のことを思い出しました。いつもはわたしの匂いがするとすぐに吠えるのに、その時、ジャーマンはちらっとわたしを見ると、またすぐに海の方を見つめていました。あのジャーマンが「歓迎、歓迎」と躍起になることも忘れて、一体海の何を見ているのかしら、といぶかったことを覚えています。ご主人と一緒に、まるで互いを分かり合っている二人の男が海を眺めているように、ジャーマンは静かに立っていました。あの時はもうガンになっていたのかしら。ご主人とイスタンブールの広い庭で遊んだ時のことを思い出していたのかしら。鎌倉の海のずっと先にあるボスポラス海峡のことを思って、一緒に戻りたいねと言っていたのかしら、と考えてしまいました。

今思うと、ジャーマンは死ぬ前には、何か望む犬種になったのかもしれません。あの見晴らしのいい造成地からご主人と二人で海のかなたを見つめていたジャーマンの姿は、「音楽犬」とか「空中犬」のような進化を遂げた目立つ犬種ではなくても、何だか人間に飼われて吠えている犬ではない生きものになっていたのではないかと思うのです。それからもしかしたらご主人も、何かただの人間ではないものになっていたのかもしれません。

今はジャーマンのいた家の前を通っても、もちろんしんとしています。ご主人もジャーマンの散歩をさせなくなったので、ちっとも見かけることがなくなりました。

その二　タマ吉

おいらの父ちゃんが手伝った丸池が出来上がってしばらくしたら、池の中央に円形を作るように丸太が同じ間隔で何本も打ち込まれた。皆高さも同じで水面から出ているので、その上に円いステージでも作るのかなあ、でもそこまで行く橋をつくらなくちゃあ駄目だなあ、と思っていたけど、そんな気配は全く無い。ただ池の中央に丸太がきれいに円形に並んで立っているだけで、ほっぽらかしだ。

ある時、その丸太の一つのてっぺんにカラスが止まって羽づくろいをしていた。違う日には、カワセミがいつ見てもびっくりしてしまうきれいな青い羽をたたんで、じっと止まっていた。それでやっと気がついた。この丸太のサークルはステージ用の柱なんかじゃないんだ。このままにして、泳げない鳥が池の中で止まって休めるようにしてあるんだ、と分かった。鎌倉市役所って、なんて親切なんだろう、と感心してしまった。

周囲の土地から水を池に「絞り込んだ」（父ちゃんの言葉）ので、岸になった所は以前より乾いて普通の地面になったせいか、それまでは目立たなかったいろいろな草が元気よく生えていた。草って本当にすぐに生えるんだ。池になった所は木がなくなったから、辺り一面に陽がよく当たるようになったせいもあるな。ちょうど秋の終わりで、紫色のホトトギスの花が固まって咲いているところがあるし、何と、鮮やかな赤紫のツリフネソウもちらちらと咲いていた。ツリフネソウはずっと前に母ちゃんが一枝折って帰ってきて、宝物でも見つけたみたいに父ちゃんに見せていたから、変な名前と一緒に覚えているんだけど、あの頃はこの辺じゃあとても珍しいものだったんじゃないかなあ。

ホトトギスとツリフネソウって、一見全然ちがうのだけど、よく見るととても似たところがある。花を茎に繋ぐガクがとても小さくて、花がヒョイっとついている。花の形が複雑で、ホトトギスは花びらの中からもうひと塊の花が突き出ているような感じだし、ツリフネソウは、二枚の大きな花びらが犬のベロみたいに前に垂れていて、他の花びらは耳みたい立っていて、その後ろに三角の深い袋みたいなものがあって、袋の一番後ろはクルクルと渦巻きになっている。タンポポや百日草と比べると、どうしてこんな複雑な形になったんだろうと不思議に思ってしまう。この複雑な形のために、こんな変わった名前がついたんだろう。ホトトギスは、花びらに鳥のホトトギスのような小さな斑点が一面にあるからだそうだ。ホトトギスは、母ちゃんが「トウキョウトッキョキョカキョク」（何のことだか知らないんだけど）と鳴く鳥だと言っていて、本当にそういう風にうるさく鳴く鳥がいるので、鳴き声ですぐに分かるんだけど、見たことがない。昔の日本ではこのいらつく鳴き声が風情があると思われていて、さかんに歌に詠まれたそうだから、これも理解に苦しむことだよ。おまけに、本当にこんな斑点だらけの鳥なら気味が悪いなあ、と思っていた。ツリフネソウは、「釣船」みたいな形ということなんだろうが、帆掛け船で、うしろの渦巻きは海の波ってことなのかなあ、ずいぶん無理なイメージだ。訳が分からない形だから、とにかく手近なものの名前をかぶせたんだと思う。

草がすぐに生えるのがもっとよく分かるのは、以前カトーさんが一人で働いていた造成地だ。もとは赤っぽい泥地だったところにすっかり草が生えて、ひとかどの草地っていう感じになっている。ここに家をたくさん建てるために、傾斜地を切り崩して平らな地面を細長く作ったのに、今のところは、母ちゃんや父ちゃんが騒いでいた、「ダムみたいな擁壁」っていうものは全くできていない。ただ、木や藪がなくなったので、すごく見晴らしがよくなって、散歩の人がよくそこに立って海の方を見ている。猫の背の高さだって、富士山も大島

も、もちろん三浦半島も見える。父ちゃんは、

「あの、草地になった所ね、二時間ミステリーの最後で犯人が告白するシーンにぴったりだね」

なんて言っていた。このままいったら、おうちの前の斜面みたいな草原になってねこじゃらしがいっぱいに生えるようになるかなあ、それとも丸池の周りみたいにきれいな花が咲くかなあ、なんておいらは思っていた。

ところが、とんでもないことが起こった。

台風だか何だか知らないけど、何日か続けて土砂降りの雨があって、おうちへ上がってくる石段もその下の道も川みたいにざあざあ雨水が流れていたのがやっと晴れた朝のことだった。早くから消防車のサイレンが聞こえて、空にはヘリコプターが飛んでいた。母ちゃんが近所の人から聞いてきたところによると、あの造成地が崩れたのだそうだ。

「説明会の時に、土砂崩れになればいいって言っていた人がいたけど、その通りになったのようー。見に行こう」

と母ちゃんは興奮して言っていた。それから父ちゃんは髭もそらず、母ちゃ

んはお化粧もしないで、出ていった。おいらとみなみも飛び出した(小町姉ちゃんはどこに行ったのか見えなかった)。

でも造成地の方へ行く道路は、ずっと手前で黄色いテープが渡してあって、警官が棒みたいなライトをさかんに振っていた。人も車も通れず、もうすでにたくさんの人が止められていた。ちょっと見回すと、ノアのご主人の吉井さんのおじさんとおばさん、ヤタちゃんのおじさんがヤタちゃんでなく奥さんらしい人と一緒に、神社猫によく餌をやっているおばさん、神社の氏子も何人か固まって、その他、学校や勤めには行かない人がいっぱいで、まるで夏のお祭りのような賑わいだ。テープの内側には、笹りんどうのマークがついている市役所のライトバンが止まっているのが見えたけど、ずっと先の造成地に近い方では、消防車や警察の車なんかが何台も止まっているようだった。

「車は通行できませ――ん。バス通りで迂回の指示をしていたでしょう！歩行者も通行できませ――ん。近づけませんから、お帰りくださ――い」

とライトを振っている警官がいろいろなことをどなっている。それでも誰も帰ろうしない。「おでかけ猫」をこんなことで止められるもんかと、おいらは立っ

ている人たちの足元をぬって進み、テープの下も通って道路の一番端っこの目立たない所を行った。それでも、

「あら、猫が入っていくわ」

と誰かが言っている。みなみがすぐ後について来ていることは匂いで分かっていたけど、その後にノアの匂いまでしているじゃないか。ますますお祭りみたいだと思って振り返ったら、呆れたことに、ノアのずっと後ろから、変に顔の長い雄のブチ猫がついてきていた。たまに見かけたことがあるけど、名前も知らない奴だ。ちぇっ、便乗する気だな。こんなにぞろぞろついて来られちゃあ、目立つはずだよ。

こうなっては仕方がないから、どんどん造成地の方へ進んでいった。消防車が造成地の上の道路に二台、乗用車やライトバンや警察の車も止まっていて、何人もの人が道路に立っていた。普段は散歩の人が立ち止まって、海の方を見る所だ。今日はみんな海ではなく造成地を見下ろしているので、おいらも縁まで行って見下ろした。カトーさんが小さな土掘り機械で何か月もかかって平らにして、このごろはきれいに草が生えていた細長い土地は、一か所、幅広く海

方向へ草ごと崩れて、以前の赤い土が出ていてる。赤土はずっと下の藪まで埋めている。

見ている警官や消防の人は割に落ち着いていて、何やら手はずを話していた。それとは別に、背広の男の人が二人、年取った人と若い人が、胸に笹りんどうの印がある作業服の市役所の人たちと話していた。年取った背広が、

「ええ、何度も言うように、想定外だったんです。分かっています。擁壁を早く作らなかったからと言われれば、その通りなんですが、まあ、わたしも息子もあんな事故で、いろいろありましてねえ、ちょっと離れていたんですよ。よくできる社員がユンボを使わずにきちんと仕事をしていたんですよ。こんなひどい雨は想定外、私が仕事を始めてから見たこともないですよ」

と低い声でぶつぶつ言い続けて、ふうーっと大きなため息をついた。隣りに立っている若い背広は、暗い顔つきで崩れた崖を見ていた。

カトーさんは、あんなに一生懸命にこの土地を平らに広げて、その出来栄えを誇りに思っていたらしいのに、こんなになってしまったのを見たら泣くかなあ、と思った。そうしたら、急に、カトーさんが毎日くれたおかかご飯やでんぃ

ぶご飯や最後の日にくれたシャケの皮のことを思い出して、それから一緒に昼寝する時に四本の足の裏全部の肉球をぐうっとカトーさんの脇腹に押し付けた時の気持ちよさがよみがえってきて、つらくて堪らなくなった。

「カトーさーん。がんばれよ――」

と心の中で叫びながら、向きを変えて、もと来た道をもどろうとしたら、すぐ横に来ていたみなみが、おいらの顔をのぞき込むように見つめた。何だ、ねんねのくせに、こういう時はいやに気を回すんだから。

それでもみなみはおいらと一緒には戻らずに、若い方の背広の人を首を伸ばしてしげしげと見ていた。ノアもみなみと一緒にとどまっているようなので、おいらは一人でけものみちを通って帰ろうとした。道路を外れて藪のトンネルに入ろうとした時、あの、やけに顔の長い雄猫がついてくるのに気づいた。遠慮するようにちょっと離れてついてきて、おいらと目が合うと立ち止まって、パチパチッと神妙にまばたきした。「お世話になっています」というつもりなんだろう。それにしても、不器量な馬面《うまづら》だなあ。馬猫なんて洒落にもならん。猫は丸顔がいいんだよ。さもなければ、アビシニアンみたいにきっぱりとエキゾチックに尖った顔がいいんだ。でも、まあ、おいらに敬意をはらっている様子なので、勝手について来させた。だいたい、おいらとしては、カトーさんのことで頭がいっぱいで、よそ者なんかに関わっていられなかった。

　馬面はおいらがけものみちを通って山を斜めに上り、おうちの近くに出る道路までついてきた。その間ずっとちょっと離れてついてくるところが殊勝で、悪い気はしなかった。おうちへ戻る前に、神社へ行く岐れ道に来たところで、ちょっと神社に行ってみる気になった。境内から造成地の土砂崩れの様子がもっとはっきり分かるはずだと思ったからだ。

　神社へ行く砂利道に入って行くと、馬面もついてくる。石段を上がっていくと、上に誰かがいる気配がして、何だかいつもと違う匂いがしてきた。嫌な予感がしてそっと石段の上まで行くと、境内に何と、小町姉ちゃんと神社猫と大きなカラスが二羽固まっていた。おいらはそっと行ったつもりだったけど、皆一斉においらの方を見た。ちょうど造成地がよく見える所にベンチみたいに低く置いた大きな自然石があるのだけど、皆はその上にいた。地面が昨日までの雨でぐちゃぐちゃだからかもしれないけど、何だかテーブルの上にいるような感じだった。皆の足元にはいくつかの死骸があった。はっきり分かったのは、腹をほとんど食べつくされた大きなコジュケイと、やはり腹をすっぽり食いちぎられて仰向けの頭と短いピンクの四本の足だけが背中の皮についているようになったモグラと、太いミミズの切れっ端だった。皆でこれを食べていたんだ。でもその時、小町姉ちゃんがぐうーっと身体を上に伸ばして後脚で立ったのでもっとびっくりした。口の周りが赤くなった白い大きな姿は、いつもの姉ちゃんとは全くちがって見えた。シャキーンとした目がキラリと光った。

おいらはその大きな生きものの目の力で押し戻されるような気がして、先に進めず、石段を上がったところで止まってしまった。のんきに後についてきた馬面が、おいらの横まで来て、呆然として石の上の連中を見ていた。ポカンと口を半開きにしっぱなしなので、長い顔がもっと長くなっていた。おいらは生肉の匂いもいやだった。こっちは人間の食べ物を頂戴する以外は、ドライフードしか食べない猫なんだ。

境内に上がってきてから何だか時間が経ったような気もしたけど、二本脚で立った小町姉ちゃんの怖い目となまぐさい死骸の塊を見たのは、きっとほんの短い間のことだったんだろう。おいらはくるりと向きを変えて、石段を駆け下りた。土砂崩れの現場でも神社でも臨時のお祭りのような賑わいじゃないか。小町姉ちゃんが神社猫と一緒に獲物を食べるような仲だったなんて知らなかったし、おまけにあの二羽のハシブトみたいに大きなハシボソガラスの親密な様子は何なんだ、まるで猫と家族みたいにしていたじゃないか。

その時、上の境内の方から、ケ、ケ、ケ、ケ、ケ、というか、ギャ、ギャ、ギャ、ギャ、ギャ、ギャというか、カラスの声とも猫の声ともコジュケイの声ともつかない声が響きわたった。モグラがあの太ったお腹をかかえて大笑いしたらああいう声かもしれない。何だか猫もカラスも、その腹の中のコジュケイやモグラやミミズまで、血も肉も一緒くたになって盛り上がっているような声だった。その声の興奮が何だかとても怖くて、砂利道に下りてからも駆けつづけた。すぐ後ろに馬面が、これも呆然としっぱなしの顔で駆けているから、絶対に夢なんかじゃなかったんだ。ああ、この馬面が一緒でよかった、こいつが証明だ、おいらと同じものを見た証明だと、胸が締め付けられるように感じた。

おうちに入るフラップの前に来て振り向くと、馬面はもう口を閉じて、敷地の手前の裏山の際の所で止まっていた。わきまえているんだな。「そいじゃね」と片目でウィンクすると、大きくパチパチッとまばたきを返してきた。入ってから一息ついて、いつも少し汚れている透明のフラップの内側から見ると、奴がゆっくりと裏山を戻っていくのが見えた。

小町姉ちゃんはずいぶん経ってから戻ってきた。みなみが例によって甘えて、胸の下に頭を突っ込むと、ペロ、ペロッと頭をなめてやっていた。おいらを見ても、いつもと同じような穏やかな目つきだった。境内で見たものはやっぱり夢だったのかなあと思うと、無性に馬面に会いたくなった。

それから何日も経ってから、母ちゃんが父ちゃんに言っているのを耳にした。

「ねえ、この頃、ブチの年寄りじみた顔の猫がうちの周りにいるわよ。裏山の方から、こっちを見てうろうろしているのよ。庭へは入ってこないから、案外臆病なのかもね」

「ああ、僕も見たことあるよ。タマが出ていって追いかけると逃げていく」

そうじゃないよ。おいらを誘いに来て、二人でお出かけしてるんだ。おいら今まで一人でいろんな所に出かけたけど、馬面に教えてやってるんだ。うさぎ山も行ったし、丸池も行ったし、タヌキの溜めグソも見せてやった。

実はあの朝の次の日に奴が来たんで、二人でまた神社に行ったんだ。境内はいつもと変わらずきれいに掃除してあって、前の朝見た死骸なんか跡形もなかった。でも、馬面があの大きな自然石の下をじっと見ているので、おいらも見たら、ほとんど地面に食い込むように、モグラの小さなピンクの足が一本落ちていた。「怖かったなあ」と二人で顔を見合わせた。それ以来、友だちなんだ。二人で出かけたり海を眺めたりするのは一人とは違う愉快さがある。それからね、あいつ年寄りなんかじゃないよ。ああいう顔なんだ。おいらよりずっと若いんだよ。

その三　みなみ

造成地の土砂崩れを皆で見に行った日に、あたしは初めて、ずっと前に虎馬に祟られていると聞いた、宅地造成会社の専務を見ました。怖い化け物に祟られている人ってどんな様子かとても興味がありました。社長であるお父さんは、市役所の人といろいろな話をしていましたが、息子の専務はただぼんやりと脇に立っていました。どこにでもいそうな普通の勤め人のような風采で、そんなにつらい思いをしている人には見えません。でも、化け物だから真昼間の、人がたくさんいる所へなんか現れないにきまっています。土砂降りの雨の夜なんかに、この造成地のどろどろの中からグワーと飛び出てきて、鎌倉山の尾根道をパカッ、パカッと走って下り、専務の家の周りをウォー、ウォーと吠えながらぐるぐる駆けまわるんじゃあないでしょうか。皆は雨風の音だと思うけど、専務にだけはそれが自分を責め立てている虎馬の吠え声と分かるのです。実はあたしは大雨の夜にパカッ、パカッという音やウォー、ウォーという吠え声が山を下っていくのを聞くことがあるのです。皆は寝ていて知らないけど、あたしは鎌倉山には怖い化け物がいることをこの耳で知っています。

すぐ近くに行って専務の顔を見上げたら、気づいてあたしにちょっと笑いかけました。あたしはすっかりうれしくなって、できることなら大きな笑顔で励ましたかったけれど、猫ですから笑顔はありません。ただ思いっきり大きく、深ーいまばたきを返しました。

タマ吉は先に帰ってしまったし、道路は大きな車や動き回る人でごたごたしているので、ノアと一緒に道路の端っこを通って帰りました。


あの日から、もう半年以上経ちました。最初の土砂崩れの数日後、まだ何も工事みたいなことを始めていないうちに、また土砂降りがあって、造成地の下の方はまた崩れて、平らにした土の大部分が下に流れたそうです。いくら崩れても、下には家も道路もない藪だけで、その藪が結局崩れて来る土を受け止めているので危機感がないのかほっぽらかしです。お母さんが大村さんのおばさんから聞いてきたところによると、何でも、造成を始めた時は、その土地をたんぽにしてゆんぼのレンタルとかを払う予定だったのが、その土地自体が崩れて消滅してしまったので、湯たんぽにならなくなってしまったのだそうです。

造成地の上の道路は昔からあるしっかりした道路なので、結局その道路はまた使うようになって、今は以前と同じように車も人も通っています。ただ造成地、ではなくて、元造成地、に沿って、以前からあった粗い網目の、大人の人間の肩ぐらいの高さのフェンスは取り払われて、代わりに、ものすごく高くて丈夫そうなフェンスがあっという間に立って、道路から元造成地に下りることはできなくなりました。以前はよく散歩の人が立ち止まって海の方を眺めていた所も、フェンスの網目ごしに眺めなくてはならなくなって、立ち止まる人も少なくなりました。そのせいか、カラスがよくその高いフェンスの上に並んで止まって、景気よく鳴いています。ときどき、一羽が、

「ケイ、ケイ、コー！」

と鳴くと、他のカラスが一斉に、

「ケイ、ケイ、コー！」

と鳴くことがあって、まるで勝どきを上げているようです。

でも、その頑丈なフェンスの下と地面の間にはちょうど猫かタヌキの頭が通るくらいの隙間がずうっとできているので、近所の猫が前と変わらずに入っていきます。タマ吉と顔の長いブチ猫は時々そこに並んで座って海の方を見ています。またできた日当たりのいい傾斜地にはぐんぐん草が生えています。

お母さんは、最初の土砂崩れの時に「神奈川新聞」に出た小さな写真入りの

記事を切り抜いて、透明の袋に入れて、神妙に金庫にしまっていました。金庫はテレビドラマでは札束とか宝石なんかを入れるものなのに、茨城家の金庫にはお金も宝石も入っていません。いつかごちゃごちゃと他のものと一緒に入っていた古ぼけた二冊の帳面が、「ボシ手帳」とかいうものだと言っているのを聞きました。あんな小さな古い帳面や新聞記事の切り抜きを盗もうとする泥棒なんかいないんじゃないかとあたしは思っています。

終わり

【著者】ソーントン不破直子（そーんとんふわ・なおこ）
1943年生まれ。日本女子大学文学部英文学科卒。米国インディアナ大学にて比較文学の修士号と博士号を取得。日本女子大学文学部英文学科教授を経て、現在同大学名誉教授。
近年の主要著書に *The Strange Felicity: Eudora Welty's Subtexts on Fiction and Society*（Praeger Press, 2003）、『ギリシアの神々とコピーライト―「作者」の変遷、プラトンからＩＴ革命まで』（学藝書林、2007）、『戸籍の謎と丸谷才一』（春風社、2011）、『鎌倉三猫物語』（春風社、2015）、主要訳書に『茶の本』（岡倉天心著）（復刻版、春風社、2009）。

鎌倉三猫《かまくらさんねこ》いまふたたび

2016年7月27日　初版発行

著者　ソーントン不破直子　そーんとんふわ・なおこ

発行者　三浦衛
発行所　春風社　Shumpusha Publishing Co.,Ltd.
横浜市西区紅葉ヶ丘53　横浜市教育会館3階
〈電話〉045-261-3168　〈FAX〉045-261-3169
〈振替〉00200-1-37524
http://www.shumpu.com　✉ info@shumpu.com

装丁　南　伸坊
印刷・製本　シナノ書籍印刷株式会社

乱丁・落丁本は送料小社負担でお取り替えいたします。

ISBN 978-4-86110-515-9 C0093 ¥1500E